河出文庫

生きてしまった
太宰治×ミステリ

太宰治

河出書房新社

◉目次

生きてしまった

―――

太宰治×ミステリ

魚服記

一

本州の北端の山脈は、ぼんじゅ山脈というのである。せいぜい三四百米ほどの丘陵が起伏しているのであるから、ふつうの地図には載っていない。むかし、このへん一帯はひろびろした海であったそうで、義経が家来たちを連れて北へ北へと亡命して行って、はるか蝦夷の土地へ渡ろうとここを船でとおったということである。そのとき、彼等の船がこの山脈へ衝突した。突きあたった跡がいまでも残っている。山脈のまんなかごろのこんもりした小山の中腹にそれがある。約一畝歩ぐらいの赤土の崖がそれなのであった。

小山は馬禿山《まはげやま》と呼ばれている。ふもとの村から崖を眺めるとはしっている馬の姿に似ているからと言うのであるが、事実は老いぼれた人の横顔に似ていた。

馬禿山はその山の陰の景色がいいから、いっそうこの地方で名高いのである。麓の村は戸数もわずか二三十でほんの寒村であるが、その村はずれを流れている川を二里ばかりさかのぼると馬禿山の裏へ出て、そこには十丈ちかくの滝がしろく落ちている。夏の末から秋にかけて山の木々が非常によく紅葉するし、そんな季節には近辺のまちから遊びに来る人たちで山もすこしにぎわうのであった。滝の下には、ささやかな茶店さえ立つのである。

ことしの夏の終りごろ、この滝で死んだ人がある。故意に飛び込んだのではなくて、まったくの過失からであった。植物の採集をしにこの滝へ来た色の白い都の学生である。このあたりには珍らしい羊歯《しだ》類が多くて、そんな採集家がしばしば訪れるのだ。

滝壺は三方が高い絶壁で、西側の一面だけが狭くひらいて、そこから谷川が岩を嚙みつつ流れ出ていた。絶壁は滝のしぶきでいつも濡れていた。羊歯類はこの絶壁のあちこちにも生えていて、滝のとどろきにしじゅうぶるぶるとそよいでいるのであった。

学生はこの絶壁によじのぼった。ひるすぎのことであったが、初秋の日ざしはまだ絶壁の頂上に明るく残っていた。学生が、絶壁のなかばに到達したとき、足だまりにしていた頭ほどの石ころがもろくも崩れた。崖から剝ぎ取られたようにすっと落ちた。途中で絶壁の老樹の枝にひっかかった。枝が折れた。すさまじい音をたてて淵へたたきこまれた。

滝の附近に居合せた四五人がそれを目撃した。しかし、淵のそばの茶店にいる十五になる女の子が一番はっきりとそれを見た。

いちど、滝壺ふかく沈められて、それから、すらっと上半身が水面から躍りあがった。眼をつぶって口を小さくあけていた。青色のシャツのところどころが破れて、採集かばんはまだ肩にかかっていた。

それきりまたぐっと水底へ引きずりこまれたのである。

二

春の土用から秋の土用にかけて天気のいい日だと、馬禿山から白い煙の幾筋も昇っているのが、ずいぶん遠くからでも眺められる。この時分の山の木には精気が多くて炭をこさえるのに適しているから、炭を焼く人達も忙しいのである。

馬禿山には炭焼小屋が十いくつある。滝の傍にもひとつあった。この小屋は、他の小屋とよほどはなれて建てられていた。小屋の人がちがう土地のものであったからである。茶店の女の子はその小屋の娘であって、スワという名前である。父親とふたりで年中そこへ寝起しているのであった。

　スワが十三の時、父親は滝壺のわきに丸太とよしずで小さい茶店をこしらえた。ラムネと塩せんべいと水無飴とそのほか二三種の駄菓子をそこへ並べた。

　夏近くなって山へ遊びに来る人がぼつぼつ見え始めるじぶんになると、父親は毎朝その品物を手籠へ入れて茶店まではこんだ。スワは父親のあとからはだしでぱたぱたついて行った。父親はすぐ炭小屋へ帰ってゆくが、スワは一人いのこって店番するのであった。遊山の人影がちらとでも見えると、やすんで行きせえ、と大声で呼びかけるのだ。父親がそう言えと申しつけたからである。しかし、スワのそんな美しい声も滝の大きな音に消されて、たいていは、客を振りかえさすことさえできなかった。一日五十銭と売りあげることがなかったのである。

　黄昏時になると父親は炭小屋から、からだ中を真黒にしてスワを迎えに来た。

「なんぼ売れた。」

「なんも。」

「そだべ、そだべ。」

　父親はなんでもなさそうに呟きながら滝を見上げるのだ。それから二人して店の品物をまた手籠へしまい込んで、炭小屋へひきあげる。

そんな日課が霜のおりるころまでつづくのである。

スワを茶店にひとり置いても心配はなかった。山に生れた鬼子であるから、岩根を踏みはずしたり滝壺へ吸いこまれたりする気づかいがないのであった。天気が良いとスワは裸身になって滝壺のすぐ近くまで泳いで行った。泳ぎながらも客らしい人を見つけると、あかちゃけた短い髪を元気よくかきあげてから、やすんで行きせえ、と叫んだ。

雨の日には、茶店の隅でむしろをかぶって昼寝をした。茶店の上には樫の大木がしげった枝をさしのべていていい雨よけになった。

つまりそれまでのスワは、どうどうと落ちる滝を眺めては、こんなにたくさん水が落ちてはいつかきっとなくなってしまうにちがいない、と期待したり、滝の形はどうしてこういつも同じなのだろう、といぶかしがったりしていたものであった。

それがこのごろになって、すこし思案ぶかくなったのである。

滝の形はけっして同じでないということを見つけた。しぶきのはねる模様でも、滝の幅でも、眼まぐるしく変っているのがわかった。果ては、滝は水でない、雲なのだ、ということも知った。滝口から落ちると白くもくもくふくれ上る案配からでもそれと察しられた。だいいち水がこんなにまでしろくなる訳はない、と思ったのである。

スワはその日もぼんやり滝壺のかたわらに佇んでいた。曇った日で秋風がかなりいたくスワの赤い頬を吹きさらしているのだ。

むかしのことを思い出していたのである。いつか父親がスワを抱いて炭窯の番をしながら語ってくれたが、それは、三郎と八郎というきこりの兄弟があって、弟の八郎がある日、谷川でやまべというさかなを取って家へ持って来たが、兄の三郎がまだ山からかえらぬうちに、そのさかなをまず一匹焼いてたべた。食ってみるとおいしかった。二匹三匹とたべてもやめられないで、とうとうみんな食ってしまった。そうするとのどが乾いて乾いてたまらなくなった。井戸の水をすっかりのんでしまって、村はずれの川端へ走って行って、また水をのんだ。のんでるうちに、体中へぶつぶつと鱗が吹き出た。三郎があとからかけつけた時には、八郎はおそろしい大蛇になって川を泳いでいた。八郎やあ、と呼ぶと、川の中から大蛇が涙をこぼして、三郎やあ、とこたえた。兄は堤の上から、弟は川の中から、八郎やあ、三郎やあ、と泣き泣き呼び合ったけれど、どうすることもできなかったのである。

スワがこの物語を聞いた時には、あわれであわれで父親の炭の粉だらけの指を小さな口におしこんで泣いた。

スワは追憶からさめて、不審げに眼をぱちぱちさせた。滝がささやくのである。八郎やあ、三郎やあ、八郎やあ。

父親が絶壁の紅い蔦の葉を掻きわけながら出てきた。

「スワ、なんぼ売れた。」

スワは答えなかった。しぶきにぬれてきらきら光っている鼻先を強くこすった。父親はだまって店を片づけた。

炭小屋までの三町ほどの山道を、スワと父親は熊笹を踏みわけつつ歩いた。

「もう店しまうべえ。」

父親は手籠を右手から左手へ持ちかえた。ラムネの瓶がからから鳴った。

「秋土用すぎて山さ来る奴もねえべ。」

日が暮れかけると山は風の音ばかりだった。楢《なら》や樅《もみ》の枯葉が折々みぞれのように二人のからだへ降りかかった。

「お父《ど》。」

スワは父親のうしろから声をかけた。

「おめえ、なにしに生きでるば。」

父親は大きい肩をぎくっとすぼめた。スワのきびしい顔をしげしげ見てから呟いた。

「判らねじゃ。」

スワは手にしていたすすきの葉を噛みさきながら言った。

「くたばった方あ、いいんだに。」

父親は平手をあげた。ぶちのめそうと思ったのである。しかし、もじもじと手をおろした。スワの気が立ってきたのをとうから見抜いていたが、それもスワがそろそろ一人前のおんなになったからだな、と考えてそのときは堪忍してやったのであった。

「そだべな、そだべな。」

スワは、そういう父親のかかりくさのない返事が馬鹿くさくて馬鹿くさくて、すすきの葉をべっべっと吐き出しつつ、

「阿呆、阿呆。」

と呶鳴った。

三

ぼんが過ぎて茶店をたたんでからスワのいちばんいやな季節がはじまるのである。

父親はこのころから四五日置きに炭を背負って村へ売りに出た。人をたのめばいいのだけれど、そうすると十五銭も二十銭も取られてたいしたついえであるから、スワひとりを残してふもとの村へおりて行くのであった。

スワは空の青くはれた日だとその留守に蕈《きのこ》をさがしに出かけるのである。父親のこさ

える炭は一俵で五六銭も儲けがあればいい方だったし、とてもそれだけではくらせないから、父親はスワに蕈を取らせて村へ持って行くことにしていた。

なめこというぬらぬらした豆きのこは大変ねだんがよかった。それは羊歯類の密生している腐木へかたまってはえているのだ。スワはそんな苔を眺めるごとに、たった一人のともだちのことを追想した。蕈のいっぱいつまった籠の上へ青い苔をふりまいて、小屋へ持って帰るのが好きであった。

父親は炭でも蕈でもそれがいい値で売れると、きまって酒くさいいきをしてかえった。たまにはスワへも鏡のついた紙の財布やなにかを買って来てくれた。

凩《こがらし》のために朝から山があれて小屋のかけむしろがにぶくゆられていた日であった。父親は早暁から村へ下りて行ったのである。

スワは一日じゅう小屋へこもっていた。めずらしくきょうは髪をゆってみたのである。ぐるぐる巻いた髪の根へ、父親の土産の浪模様がついたたけながをむすんだ。それから焚火をうんと燃やして父親の帰るのを待った。木々のさわぐ音にまじってけだものの叫び声が幾度も聞こえた。

日が暮れかけてきたのでひとりで夕飯を食った。くろいめしに焼いた味噌をかてて食った。

夜になると風がやんでしんしんと寒くなった。こんな妙に静かな晩には山できっと不思議が起るのである。天狗の大木を伐り倒す音がめりめりと聞えたり、小屋の口あたりで、誰かのあずきをとぐ気配がさくさくと耳についたり、遠いところから山人《やまふと》の笑い声がはっきり響いてきたりするのであった。

父親を待ちわびたスワは、わらぶとん着て爐ばたへ寝てしまった。うとうと眠っていると、ときどきそっと入口のむしろをあけて覗き見するものがあるのだ。山人が覗いているのだ、と思って、じっと眠ったふりをしていた。

白いもののちらちら入口の土間へ舞いこんでくるのが燃えのこりの焚火のあかりでおぼろに見えた。初雪だ！　と夢心地ながらうきうきした。

疼痛。からだがしびれるほど重かった。ついであのくさい呼吸を聞いた。

「阿呆。」

スワは短く叫んだ。

ものもわからず外へはしって出た。

吹雪！　それがどっと顔をぶった。思わずめためた坐ってしまった。みるみる髪も着物もまっしろになった。

スワは起きあがって肩であらく息をしながら、むしむし歩きだした。着物が烈風で揉みくちゃにされていた。どこまでも歩いた。

滝の音がだんだんと大きく聞えてきた。ずんずん歩いた。てのひらで水洟《みずばな》を何度も拭った。ほとんど足の真下で滝の音がした。

狂い唸る冬木立の、細いすきまから、

「おど！」

とひくく言って飛び込んだ。

四

気がつくとあたりは薄暗いのだ。滝の轟きが幽かに感じられた。ずっと頭の上でそれを感じたのである。からだがその響きにつれてゆらゆら動いて、みうちが骨まで冷たかった。

ははあ水の底だな、とわかると、やたらむしょうにすっきりした。さっぱりした。

ふと、両脚をのばしたら、すすと前へ音もなく進んだ。鼻がしらがあやうく岸の岩角へぶっつかろうとした。

大蛇！

大蛇になってしまったのだと思った。うれしいな、もう小屋へ帰れないのだ、とひとりごとを言って口ひげを大きくうごかした。

小さな鮒《ふな》であったのである。ただ口をぱくぱくとやって鼻さきの疣《いぼ》をうごめかしただけのことであったのに。

鮒は滝壺のちかくの淵をあちこちと泳ぎまわった。胸鰭《むなびれ》をぴらぴらさせて水面へ浮んできたかと思うと、つと尾鰭をつよく振って底深くもぐりこんだ。

水のなかの小えびを追っかけたり、岸辺の葦のしげみに隠れてみたり、岩角の苔をすったりして遊んでいた。

それから鮒はじっとうごかなくなった。時折り、胸鰭をこまかくそよがせるだけである。なにか考えているらしかった。しばらくそうしていた。

やがてからだをくねらせながらまっすぐに滝壺へむかって行った。たちまち、くるくると木の葉のように吸いこまれた。

地球図

ヨワン榎は伴天連《ばてれん》ヨワン・バッティスタ・シロオテの墓標である。切支丹《きりしたん》屋敷の裏門をくぐってすぐ右手にそれがあった。いまから二百年ほどむかしに、シロオテはこの切支丹屋敷の牢のなかで死んだ。彼のしかばねは、屋敷の庭の片隅にうずめられ、ひとりの風流な奉行がそこに一本の榎を植えた。榎は根を張り枝をひろげた。としを経て大木になり、ヨワン榎とうたわれた。

ヨワン・バッティスタ・シロオテは、ロオマンの人であって、もともと名門の出であった。幼いときからして天主の法をうけ、学に従うこと二十二年、そのあいだ十六人もの先生についた。三十六歳のとき、本師キレイメンス十二世からヤアパンニアに伝道するように言いつけられた。西暦一千七百年のことである。

シロオテは、まず日本の風俗と言葉とを勉強した。この勉強に三年かかったのである。ヒイタサントオルムという日本の風俗を記した小冊子と、デキショナアリョムという日本の単語をいちいちロオマンの単語でもって飜訳してある書物と、この二冊で勉強したのであった。ヒイタサントオルムのところどころには、絵をえがきいれた頁がさしはさまれていた。

三年研究して自信のついたころ、やはりおなじ師命をうけてペッケンにおもむくトオマス・テトルノンという人と、めいめいカレイ一隻ずつに乗りつれ、東へ進んだ。ヤネワを経て、カナアリヤに至り、ここでまたフランスヤの海船一隻ずつに乗りかえ、とうとうロクソンに着いた。ロクソンの海岸に船をつなぎ、ふたりは上陸した。トオマス・テトルノンは、すぐシロオテと別れてペッケンへむかったが、シロオテはひとりいのこって、くさぐさの準備をととのえた。ヤアパンニアは近いのである。

ロクソンには日本人の子孫が三千人もいたので、シロオテにとって何かと便利であった。シロオテは所持の貨幣を黄金に換えた。ヤアパンニアでは黄金を重宝にするという噂話を聞いたからであった。日本の衣服をこしらえた。碁盤のすじのような模様がついた浅黄いろの木綿着物であった。刀も買った。刃わたり二尺四寸余の長さであった。

やがてシロオテはロクソンより日本へ向った。海上たちまちに風逆し、浪あらく、航海は困難であった。船が三たびも覆《くつがえ》りかけたのである。ロオマンをあとにして三年目のことであった。

寛永五年の夏のおわりごろ、大隅の国の屋久島《やくしま》から三里ばかり距てた海の上に、見なれぬ船の大きいのが一隻うかんでいるのを、漁夫たちが見つけた。また、その日の黄昏時、おなじ島の南にあたる尾野間《おのま》という村の沖に、たくさんの帆をつけた船が、小舟を一隻引きながら、東さしてはしって行くのを、村の人たちが発見し、海岸へ集まって罵《のの》りさわいだが、ようやく沖合いのうすぐらくなるにつれ、帆影は闇の中へ消えた。そのあくる朝、尾野間から二里ほど西の湯泊《ゆどまり》という村の沖のかなたに、きのうの船らしいものが見えたが、強い北風をいっぱい帆にはらみつつ、南をさしてみるみる疾航し去った。

その日のことである。屋久島の恋泊《こいどまり》村の藤兵衛という人が、松下というところで炭を焼くための木を伐っていると、うしろの方で人の声がした。ふりむくと、刀をさしたさむらいが、夏木立の青い日影を浴びて立っていた。シロオテである。髪を剃ってさかやきをこしらえていた。あの浅黄色《あさぎいろ》の着物を着て、刀を帯び、かなしい眼をして立っていた。

シロオテは片手をあげておいでおいでをしつつ、デキショナアリョムで覚えた日本の言葉を二つ三つ歌った。しかし、それは不思議な言葉であった。デキショナアリョムが不完全だったのである。藤兵衛は幾度となく首を振って考えた。言葉より動作が役に立った。シロオテは両手で水を掬《すく》って呑む真似を、烈しく繰り返した。藤兵衛は持ち合せの器に水を汲んで、草原の上にさし置き、いそいで後ずさりした。シロオテはその水を一息に呑んでしまって、またおいでおいでをした。藤兵衛はシロオテの刀をおそれて近よらなかった。シロオテは藤兵衛の心をさとったと見えて、やがて刀を鞘ながら抜いて差し出し、また、あやしい言葉を叫ぶのであった。藤兵衛は身をひるがえして逃げた。きのうの大船のものにちがいない、と気附いたのである。磯辺に出て、かなたこなたを見廻したが、あの帆掛船の影も見えず、また、他に人のいるけはいもなかった。引返して村へ駈けこんで、安兵衛という人にたのみ、奇態なものを見つけたゆえ、参りくれるよう、村中へ触れさせた。

こうしてシロオテは、ヤアパンニアの土を踏むか踏まぬかのうちに、その変装を見破られ、島の役人に捕えられた。ロオマンで三年のとしつき日本の風俗と言葉とを勉強したことが、なんのたしにもならなかったのである。

シロオテは、長崎へ護送された。伴天連らしきものとして長崎の獄舎に置かれたのである。しかし、長崎の奉行たちは、シロオテを持てあましてしまった。阿蘭陀《オランダ》の通事たちに、シロオテの日本へ渡って来たわけを調べさせたけれど、シロオテの言葉が日本語のようではありながら発音やアクセントの違うせいか、エド、ナンガサキ、キリシタン、などの言葉しか聞きわけることができなかったのである。阿蘭陀人をして背教者の故をもってか、ずいぶん憎がっているような素振りも見えるので、阿蘭陀人をして直接シロオテと対談させることもならず、奉行たちはたいへん困った。ひとりの奉行は、一策として、法廷のうしろの障子の陰にふとった阿蘭陀人をひそませて置いて、シロオテを訊問してみた。ほかの奉行たちも、これをいい思いつきであるとして期待した。さて、奉行とシロオテとは、わけの判らぬ問答をはじめた。シロオテは、いかにもしてその思うところを言いあらわし自分の使命を了解させたいとむなしい苦悶をしているようであった。よい加減のところで訊問を切りあげてから、奉行たちは障子のかげの阿蘭陀人に、どうだ、と尋ねた。阿蘭陀人は、とんとわからぬ、と答えた。だいいち阿蘭陀人には、ロオマンの言葉がわからぬうえに、まして、その言うところは半ば日本の言葉もまじっているのであるから、猶々《なおなお》、聞きわけることがむずかしかったのであろう。

長崎では、とうとう訊問に絶望して、このことを江戸へ上訴した。江戸でこの取調べに当ったのは新井白石である。

長崎の奉行たちがシロオテを糺問《きゅうもん》して失敗したのは寛永五年の冬のことであるが、そのうちに年も暮れて、あくる寛永六年の正月に将軍が死に、あたらしい将軍が代ってなった。そういう大きなさわぎのためにシロオテは忘れられていた。ようようその年の十一月のはじめになって、シロオテは江戸へ召喚された。シロオテは長崎から江戸までの長途を駕籠にゆられながらやって来た。旅のあいだは、来る日も来る日も、焼栗四つ、蜜柑《みかん》二つ、干柿五つ、丸柿二つ、パン一つを役人から与えられて、わびしげに食べていた。

新井白石は、シロオテとの会見を心待ちにしていた。白石は言葉について心配をした。とりわけ、地名や人名または切支丹の教法上の術語などには、きっとなやまされるであろうと考えた。白石は、江戸小日向《こびなた》にある切支丹屋敷から蛮語に関する文献を取り寄せて、下調べをした。

シロオテは、ほどなく江戸に到着して切支丹屋敷にはいった。十一月二十二日をもって訊問を開始するようにきめた。ときの切支丹奉行は横田備中守と柳沢八郎右衛門のふたりであった。白石は、まえもってこの人たちと打ち合せをしておいて、当日は朝はやくから切支丹屋敷に出かけて行き、奉行たちと共に、シロオテの携えて来た法衣や貨幣や刀や、その他の品物を検査し、また、長崎からシロオテに附き添うて来た通事たちを招き寄せて、たとえばいま、長崎のひとをして陸奥《みちのく》の方言を聞かせたとしても十に七八は通じるであろう、ましてイタリヤと阿蘭陀とは、私が万国の図を見てしらべたところによると、長崎陸奥のあいだよりは相さること近いのであるから、阿蘭陀の言葉でもってイタリヤの言葉を押しはかることもさほどむずかしいとは思われぬ、私もその心して聞こう故、かたがたもめいめいの心に推しはかり、思うところを私に申してくれ、たとえかたがたの推量にひがごとがあっても、それは咎《とが》むべきでない、奉行の人たちも通事の誤訳を罪せぬよう、と諭《さと》した。人々は、承知した、と答えて審問の席に臨んだ。そのときの大通事は今村源右衛門。稽古通事は品川兵次郎、嘉福喜蔵。

その日のひるすぎ、白石はシロオテと会見した。場所は切支丹屋敷内であって、その法廷の南面に板縁があり、その縁ちかくに奉行の人たちが着席し、それより少し奥の方に白石が坐った。大通事は板縁の上、西に跪《ひざまず》き、稽古通事ふたりは板縁の上、東に跪いた。縁から三尺ばかり離れた土間に榻《しじ》を置いてシロオテの席となした。やがて、シロオテは獄中から輿《こし》ではこばれて来た。長い道中のために両脚が萎《な》えてかたわになっていたのである。歩卒ふたり左右からさしはさみ助けて、榻につかせた。

シロオテのさかやきは伸びていた。薩州の国守からもらった茶色の綿入れ着物を着ていたけれど、寒そうであった。座につくと、静かに右手で十字を切った。

白石は通事に言いつけて、シロオテの故郷のことなど問わせ、自分はシロオテの答える言葉に耳傾けていた。その語る言葉は、日本語にちがいなく、畿内、山陰、西南海道の方言がまじっていて聞きとりがたいところもあったけれど、かねて思いはかっていたよりは了解がやさしいのであった。ヤアパンニアの牢のなかで一年をすごしたシロオテは、日本の言葉がすこし上手になっていたのである。通事との問答を一時間ほど聞いてから、白石みずから問いもし答えもしてみて、その会話にやや自信を得た。白石は、万国の図を取り出して、シロオテのふるさとをたずね問うた。シロオテは板縁にひろげられたその地図を首筋をのばして覗いていたがやがて、これは明人《ミンじん》のつくったもので意味のないものである、と言って声たてて笑った。地図の中央に薔薇の花のかたちをした大きい国があって、それには「大明」と記入されているのであった。

この日は、それだけの訊問で打ち切った。シロオテは、わずかの機会をもとらえて切支丹の教法を説こうと思ってか、ひどくあせっているふうであったが、白石はなぜか聞えぬふりをするのである。

あくる日の夜、白石は通事たちを自分のうちに招いて、シロオテの言うたことにつき、みんなに復習させた。白石は万国の図がはずかしめられたのを気にかけていた。切支丹屋敷にオオランド鏤版《るばん》の古い図があるということを奉行たちから聞き、このつぎの訊問のときにはひとつそれをシロオテに見せてやるよう、言いつけて散会した。

一日おいて二十五日に、白石は早朝から吟味所へつめかけた。午前十時ごろ、奉行の人たちもみんな出そろって着席した。やがてシロオテも輿ではこばれてやって来た。きょうは、だいいちばんに、あのオオランド鏤版の地図を板縁いっぱいにひろげて、かの地方のことを問いただしたのである。地図のここかしこは破れて、虫に食われた孔がそちこちにちらばっていた。シロオテはその図をしばらく眺めてから、これは七十余年まえに作られたものであって、いまでは、むこうの国でも得がたい好地図である、とほめた。ロオマンはどこであるか、と白石も膝をすすめて尋ねた。シロオテは、チルチヌスがあるか、と言った。通事たちは、ない、と答えた。なにごとか、と白石は通事たちに聞いた。阿蘭陀語ではパッススルと申し、イタリヤ語ではコンパスと申すもののことである、と通事のひとりが教えた。白石は、コンパスというものかどうか知らぬが、地図に用ありげな機械であるから、私がこの屋敷で見つけていま持ってきてある、と言いつつ懐中から古びたコンパスを出して見せた。シロオテはそれを受けとりちょっとの間いじくりまわしていたが、これはコンパスにちがいないが、ねじがゆるんで用に立たぬ、しかし、ないよりはましかもしれぬ、という意味のことを述べ、その地図のうちに計るべきところをこまかく図してあるところを見て、筆を求め、その字を写しとってから、コンパスを持ち直してその分数をはかりとり、榻に坐ったまま板縁の地図へずっと手をさしのばして、そのこまかく図してあるところより蜘蛛の網のように画かれた線路をたずねながら、かなたこなたへコンパスを歩かせているうちに、手のやっと届くようなところへいって、ここであろう、見給え、と言いコンパスをさし立てた。みんな頭を寄せて見ると、針の孔のような小さいまるにコンパスのさきが止っていた。通事のひとりは、そのまるのかたわらの蕃字をロオマンと読んだ。それから、阿蘭陀や日本の国々のあるところを問うに、また、まえの法のようにして、ひとところもさし損ねることがなかった。日本は思いのほかにせまくるしく、エドは虫に食われて、その所在をたしかめることさえできなかった。

シロオテは、コンパスをあちらこちらと歩かせつつ、万国のめずらしい話を語って聞かせた。黄金の産する国。たんばこの実る国。海鯨の住む大洋。木に棲み穴にいて生れながらに色の黒いくろんぼうの国。長人国。小人国。昼のない国。夜のない国。さては、百万の大軍がいま戦争さいちゅうの曠野。戦船百八十隻がたがいに砲火をまじえている海峡。シロオテは日の没するまで語りつづけたのである。

日が暮れて、訊問もおわってから、白石はシロオテをその獄舎に訪れた。ひろい獄舎を厚い板で三つに区切ってあって、その西の一間にシロオテがいた。赤い紙を剪《き》って十字を作り、それを西の壁に貼りつけてあるのが、くらがりを通して、おぼろげに見えた。シロオテはそれにむかって、なにやら経文を、ひくく読みあげていた。

白石は家へ帰って、忘れぬうちにもと、きょうシロオテから教わった知識を手帖に書いた。

――大地、海水と相合うて、その形まどかなること手毬《てまり》のごとくにして、天、円のうちにおる。たとえば、鶏子の黄なる、青きうちにあるがごとし。その地球の周囲、九万里にして、上下四旁、皆、人ありておれり。およそ、その地をわかちて、五大州となす。云々。

それから十日ほど経って十二月の四日に、白石はまたシロオテを召し出し、日本に渡ってきたことの由をも問い、いかなる法を日本にひろめようと思うのか、とたずねたのである。その日は朝から雪が降っていた。シロオテは降りしきる雪の中で、悦びに堪えぬ貌をして、私が六年さきにヤアパンニアに使するよう本師より言いつけられ、承って万里の風浪をしのぎ来て、ついに国都へついた、しかるに、きょうしも本国にあっては新年の初めの日として、人、皆、相賀するのである、このよき日にわが法をかたがたに説くとは、なんという仕合せなことであろう、と身をふるわせてそのよろこびを述べ、めんめんと宗門の大意を説きつくしたのであった。

デウスがハライソを作って無量無数のアンゼルスを置いたことから、アダン、エワの出生と堕落について。ノエの箱船のことや、モイセスの十誡のこと。そうしてエイズス・キリストスの降誕、受難、復活のてんまつ、シロオテの物語は、尽きるところなかった。

白石は、ときどき傍見《わきみ》をしていた。はじめから興味がなかったのである。すべて仏教の焼き直しであると独断していた。

白石のシロオテ訊問は、その日をもっておしまいにした。白石はシロオテの裁断について将軍へ意見を言上した。このたびの異人は万里のそとから来た外国人であるし、また、この者と同時に唐へ赴いたものもある由なれば、唐でも裁断をすることであろうし、わが国の裁断も慎重にしなければならぬ、と言って三つの策を建言した。

第一にかれを本国へ返さるることは上策なり（このこと難きに似て易きか）
第二にかれを囚となしてたすけおかるることは中策なり（このこと易きに似てもっとも難し）
第三にかれを誅せらるることは下策なり（このこと易くして易かるべし）

将軍は中策を採って、シロオテをそののち永く切支丹屋敷の獄舎につないでおいた。しかし、やがてシロオテは屋敷の奴婢、長助はる夫婦に法を授けたというわけで、たいへんいじめられた。シロオテは折檻されながらも、日夜、長助はるの名を呼び、その信を固くして死ぬるとも志を変えるでない、と大きな声で叫んでいた。それから間もなく牢死した。下策をもちいたもおなじことであった。

雌に就いて

フィジー人はその最愛の妻すら、少しく嫌味を覚ゆればたちまち殺してその肉を食うという。またタスマニヤ人はその妻死する時は、その子までも共に埋めて平然たる姿なりと。濠洲のある土人のごときは、その妻の死するや、これを山野に運び、その脂をとりて釣魚の餌となすという。

その若草という雑誌に、老い疲れたる小説を発表するのは、いたずらに、奇を求めての仕業《しわざ》でもなければ、読者へ無関心であるということへの証明でもない。このような小説もまた若い読者たちによろこばれるのだと思っているからである。私は、いまの世の中の若い読者たちが、案外に老人であることを知っている。こんな小説くらい、なんの苦もなく受けいれてくれるだろう。これは、希望を失った人たちの読む小説である。

ことしの二月二十六日には、東京で、青年の将校たちがことを起した。その日に私は、客人と、長火鉢をはさんで話をしていた。事件のことは全く知らずに、女の寝巻について、話をしていた。

「どうも、よく判らないのだがね。具体的に言ってみないか、リアリズムの筆法でね。女のことを語るときには、この筆法に限るようだ。寝巻は、やはり、長襦袢《ながじゅばん》かね？」

このような女がいたなら、死なずにすむのだがというような、お互いの胸の奥底にひめたる、あこがれの人の影像をさぐり合っていたのである。客人は、二十七八歳の、弱い側妻を求めていた。向島の一隅の、しもたやの二階を借りて住まっていて、五歳のてなし児とふたりきりのくらしである。かれは、川開きの花火の夜、そこへ遊びに行き、その五歳の娘に絵をかいてやるのだ。まんまるいまるをかいて、それを真黄いろのクレオンでもって、ていねいに塗りつぶし、満月だよ、と教えてやる。女は、幽かな水色の、タオルの寝巻を着て、藤の花模様の伊達巻《だてまき》をしめる。客人は、それを語ってから、こんどは、私の女を問いただした。問われるがままに、私も語った。

「ちりめんは御免だ。不潔でもあるし、それに、だらしがなくていけない。僕たちは、どうも意気ではないのでねえ。」

「パジャマかね？」

「いっそう御免だ。着ても着なくても、おなじじゃないか。上衣だけなら漫画ものだ。」

「それでは、やはり、タオルの類《たぐい》かね？」

「いや、洗いたての、男の浴衣《ゆかた》だ。荒い棒縞で、帯は、おなじ布地の細紐。柔道着のように、前結びだ。あの、宿屋の浴衣だな。あんなのがいいのだ。すこし、少年を感じさせるような、そんな女がいいのかしら。」

「わかったよ。君は、疲れている疲れていると言いながら、ひどく派手なんだね。いちばん華やかな祭礼はお葬いだというのと同じような意味で、君は、ずいぶん好色なところをねらっているのだよ。髪は?」

「日本髪は、いやだ。油くさくて、もてあます。かたちも、たいへんグロテスクだ。」

「それ見ろ。無雑作の洋髪なんかが、いいのだろう? 女優だね。むかしの帝劇専属の女優なんかがいいのだよ」

「ちがうね。女優は、けちな名前を惜しがっているから、いやだ。」

「茶化しちゃいけない。まじめな話なんだよ。」

「そうさ。僕も遊戯だとは思っていない。愛することは、いのちがけだよ。甘いとは思わない。」

「どうも判らん。リアリズムでいこう。旅でもしてみるかね。さまざまに、女をうごかしてみると、案外はっきり判ってくるかもしれない。」

「ところが、あんまりうごかない人なのだ。ねむっているような女だ。」

「君は、てれるからいけない。こうなったら、厳粛に語るよりほかに方法がないのだ。

まず、その女に、君の好みの、宿屋の浴衣を着せてみようじゃないか。」

「それじゃ、いっそのこと、東京駅からやってみようか。」

「よし、よし。まず、東京駅に落ち合う約束をする。」

「その前夜に、旅に出ようとそれだけ言うと、ええ、とうなずく。午後の二時に東京駅で待っているよ、と言うと、また、ええ、とうなずく。それだけの約束だね。」

「待て、待て。それは、なんだい。女流作家かね？」

「いや、女流作家はだめだ。僕は女流作家には評判が悪いのだ、どうもねえ。少し生活に疲れた女画家。お金持の女の画かきがあるようじゃないか。」

「同じことさ。」

「そうかね。それじゃ、やっぱり芸者ということになるかねえ。とにかく、男におどろかなくなっている女ならいいわけだ。」

「その旅行の前にも関係があるのかね？」

「あるような、ないような。よしんば、あったとしても、記憶が夢みたいに、おぼつかない。一年に、三度より多くは逢わない。」

「旅は、どこにするか。」

「東京から、二三時間で行けるところだね。山の温泉がいい。」

「あまりはしゃぐなよ。女は、まだ東京駅にさえ来ていない。」

「そのまえの日に、うそのような約束をして、まさかと思いながら、それでもひょっとしたらというような、たよりない気持で、東京駅へ行ってみる。来ていない。それじゃ、ひとりで旅行しようと思って、それでも、最後の五分まで、待ってみる。」

「荷物は？」

「小型のトランクひとつ。二時にもう五分しかないという、危いところで、ふと、うしろを振りかえる。」

「女は笑いながら立っている。」

「いや、笑っていない。まじめな顔をしている。おそくなりまして、と小声でわびる。」

「君のトランクを、だまって受けとろうとする。」

「いや、要らないのです、と明白にことわる。」

「青い切符かね？」

「一等か三等だ。まあ、三等だろうな。」

「汽車に乗る。」

「女を誘って食堂車へはいる。テエブルの白布も、テエブルのうえの草花も、窓のそとの流れ去る風景も、不愉快ではない。僕はぼんやりビイルを呑む。」

「女にも一杯ビイルをすすめる。」

「いや、すすめない。女には、サイダアをすすめる。」

「夏かね？」

「秋だ。」

「ただ、そうしてぼんやりしているのか？」

「ありがとうと言う。それは僕の耳にさえ大へん素直にひびく。ひとりで、ほろりとする。」

「宿屋へ着く。もう、夕方だね。」

「風呂へはいるところあたりから、そろそろ重大になってくるね。」

「もちろん一緒には、はいらないね？　どうする？」

「一緒には、どうしてもはいれない。僕がさきだ。ひと風呂浴びて、部屋へ帰る。女は、どてらに着換えている。」

「そのさきは、僕に言わせてくれ。ちがったら、ちがった、と言ってくれたまえ。およその見当は、ついているつもりだ。君は部屋の縁側の籐椅子に腰をおろして、煙草をやる。煙草は、ふんぱつして、Camel だ。紅葉の山に夕日があたっている。しばらくして、女は風呂からあがって来る。縁側の欄干に手拭を、こうひろげて掛けるね。それから、君のうしろにそっと立って、君の眺めているその同じものを従順《おとな》しく眺めている。君が美しいと思っているその気持をそのとおりに、汲んでいる。ながくて五分間だね。」

「いや、一分でたくさんだ。五分間じゃ、それっきり沈んで死んでしまう。」

「お膳が来るね。お酒がついている。呑むかね?」

「待てよ。女は、東京駅で、おそくなりまして、と言ったきりで、それからあと、まだ何も言ってやしない。この辺で何か、もう一ことくらいあっていいね。」

「いや、ここで下手なことを言いだしたら、ぶちこわしだ。」

「そうかね。じゃまあ、だまって部屋へはいって、お膳のまえに二人ならんで坐る。へんだな。」

「ちっともへんじゃない。君は、女中と何か話をしていれば、それで、いいじゃないか。」

「いや、そうじゃない。女が、その女中さんをかえしてしまうのだ。こちらでいたしますから、と低いがはっきり言うのだ。不意に言うのだ。」

「なるほどね。そんな女なのだね。」

「それから、男の児のような下手な手つきで、僕にお酌をする。すましている。お銚子を左の手に持ったまま、かたわらの夕刊を畳のうえにひろげ、右の手を畳について、夕刊を読む。」

「夕刊には、加茂川の洪水の記事が出ている。」

「ちがう。ここで時世の色を点綴《てんてい》させるのだね。動物園の火事がいい。百匹にちかいお猿が檻の中で焼け死んだ。」

「陰惨すぎる。やはり、明日の運勢の欄あたりを読むのが自然じゃないか。」

「僕はお酒をやめて、ごはんにしよう、と言う。女とふたりで食事をする。たまご焼がついている。わびしくてならぬ。急に思い出したように、箸を投げて、机にむかう。トランクから原稿用紙を出して、それにくしゃくしゃ書きはじめる。」

「なんの意味だね？」

「僕の弱さだ。こう、きざに気取らなければ、ひっこみがつかないのだ。業《ごう》みたいなものだ。ひどく不機嫌になっている。」

「じたばたしてきたな。」

「書くものがない。いろは四十七文字を書く。なんどもなんども、繰りかえし繰りかえし書く。書きながら女に言う。いそぎの仕事を思い出した。忘れぬうちに片づけてしまいたいから、あなたは、その間に、まちを見物していらっしゃい。しずかな、いいまちです。」

「いよいよぶちこわしだね。仕方がない。女は、はあと承諾する。着がえしてから部屋を出る。」

「僕は、ひっくりかえるようにして寝ころぶ。きょろきょろあたりを見まわす。」

「夕刊の運勢欄を見る。一白水星、旅行見合せ、とある。」

「一本三銭の Camel をくゆらす。すこし豪華な、ありがたい気持になる。自分が可愛くなる。」

「女中がそっとはいって来て、お床は？　ということになる。」

「はね起きて、二つだよ、と快活に答える。ふと、お酒を呑みたく思うが、がまんをする。」

「そろそろ女のひとがかえってきていいころだね。」

「まだだ。やがて女中のいなくなったのを見すまして、僕は奇妙なことをはじめる。」

「逃げるのじゃ、ないだろうね。」

「お金をしらべる。十円紙幣が三枚。小銭が二三円ある。」

「大丈夫だ。女がかえったときには、また、贋の仕事をはじめている。はやかったかしら、と女がつぶやく。多少おどおどしている。」

「答えない。仕事をつづけながら、僕にかまわずにおやすみなさい、と言う。すこし命令の口調だ。いろはにほへと、と一字一字原稿用紙に書き記す。」

「女は、おさきに、とうしろで挨拶をする。」

「ちりぬるをわか、と書いて、ゑひもせす、と書く。それから、原稿用紙を破る。」

「いよいよ、気ちがいじみてきたね。」

「仕方がないよ。」

「まだ寝ないのか?」

「風呂場へ行く。」

「すこし寒くなってきたからね。」

「それどころじゃない。軽い惑乱がはじまっているのだ。お湯に一時間くらい、阿呆みたいにつかっている。風呂から這い出るころには、ぼっとして、幽霊だ。部屋へ帰ってくると、女は、もう寝ている。枕もとに行燈《あんどん》の電気スタンドがついている。」

「女は、もう、ねむっているのか?」

「ねむっていない。目を、はっきりと、あいている。顔が蒼い。口をひきしめて、天井を見つめている。僕は、ねむり薬を呑んで、床へはいる。」

「女の?」

「そうじゃない。——寝てから五分くらいたって、僕は、そっと起きる。いや、むっくり起きあがる。」

「涙ぐんでいる。」

「いや、怒っている。立ったままで、ちらっと女のほうを見る。女は蒲団の中でからだをかたくする。僕はその様を見て、なんの不足もなくなった。トランクから荷風の冷笑という本を取り出し、また床の中へはいる。女のほうへ背をむけたままで、一心不乱に本を読む。」

「荷風は、すこし、くさくないかね?」

「それじゃ、バイブルだ。」

「気持は、判るのだがね。」

「いっそ、草双紙ふうのものがいいかな?」

「君、その本は重大だよ。ゆっくり考えてみようじゃないか。怪談の本なんかもいいのだがねえ。何かないかね。パンセは、ごついし、春夫の詩集は、ちかすぎるし、何かありそうなものだがね。」

「——あるよ。僕のたった一冊の創作集。」

「ひどく荒涼としてきたね。」

「はしがきから読みはじめる。うろうろうろうろ読みふける。ただ、ひたすらに、われに救いあれという気持だ。」

「女に亭主があるね？」

「背中のほうで水の流れるような音がした。ぞっとした。かすかな音であったけれども、脊柱の焼けるような思いがした。女が、しのんで寝返りを打ったのだ。」

「それで、どうした？」

「死のうと言った。女も、——」

「よしたまえ。空想じゃない。」

客人の推察は、あたっていた。そのあくる日の午後に情死を行った。芸者でもない、画家でもない、私の家に奉公していたまずしき育ちの女なのだ。

女は寝返りを打ったばかりに殺された。私は死に損ねた。七年たって、私は未だに生きている。

燈籠

言えば言うほど、人は私を信じてくれません。逢うひと、逢うひと、みんな私を警戒いたします。ただ、なつかしく、顔を見たくて訪ねていっても、なにしに来たというような目つきでもって迎えてくれます。たまらない思いでございます。

もう、どこへも行きたくなくなりました。すぐちかくのお湯屋へ行くのにも、きっと日暮をえらんでまいります。誰にも顔を見られたくないのです。ま夏のじぶんには、それでも、夕闇の中に私のゆかたが白く浮んで、おそろしく目立つような気がして、死ぬるほど当惑いたしました。きのう、きょう、めっきり涼しくなって、そろそろセルの季節にはいりましたから、早速、黒地の単衣に着換えるつもりでございます。こんな身の上のままに秋も過ぎ、冬も過ぎ、春も過ぎ、またぞろ夏がやって来て、ふたたび白地のゆかたを着て歩かなければならないとしたなら、それは、あんまりのことでございます。

せめて来年の夏までには、この朝顔の模様のゆかたを臆することなく着て歩ける身分になっていたい、縁日の人ごみの中を薄化粧して歩いてみたい、そのときのよろこびを思うと、いまから、もう胸がときめきいたします。

盗みをいたしました。それにちがいはございませぬ。いいことをしたとは思いませぬ。けれども、――いいえ、はじめから申しあげます。私は、神様にむかって申しあげるのだ。私は、人を頼らない。私の話を信じられる人は、信じるがいい。

私は、まずしい下駄屋の、それも一人娘でございます。ゆうべ、お台所に坐って、ねぎを切っていたら、うらの原っぱで、ねえちゃん！　と泣きかけて呼ぶ子供の声があわれに聞えてきましたが、私は、ふっと手を休めて考えました。私にも、あんなに慕って泣いて呼びかけてくれる弟か妹があったならば、こんな侘びしい身の上にならなくてよかったのかもしれない、と思われて、ねぎの匂いの沁みる眼に、熱い涙が湧いて出て、手の甲で涙を拭いたら、いっそうねぎの匂いに刺され、あとからあとから涙が出てきて、どうしていいかわからなくなってしまいました。

あの、わがまま娘が、とうとう男狂いをはじめた、と髪結《かみゆい》さんのところから噂が立ちはじめたのは、ことしの葉桜のころで、なでしこの花や、あやめの花が縁日の夜店に出はじめて、けれども、あのころは、ほんとうに楽しゅうございました。水野さんは、日が暮れると、私を迎えに来てくれて、私は、日の暮れぬさきから、もう、ちゃんと着物を着かえて、お化粧もすませ、何度も何度も、家の門口を出たりはいったりいたします。近所の人たちは、そのような私の姿を見つけて、それ、下駄屋のさき子の男狂いがはじまったなど、そっと指さし囁き交して笑っていたのが、あとになって私にも判ってまいりました。父も母も、うすうす感づいていたのでしょうが、それでも、なんにも言えないのです。私は、ことし二十四になりますけれども、それでもお嫁に行かず、おむこさんも取れずにいるのは、うちの貧しいゆえもございますが、母は、この町内での顔ききの地主さんのおめかけだったのを、私の父と話し合ってしまって、地主さんの恩を忘れて父の家へ駈けこんできて間もなく私を産み落し、私の目鼻立ちが、地主さんにも、また私の父にも似ていないとやらで、いよいよ世間を狭くし、一時はほとんど日陰者あつかいを受けていたらしく、そんな家庭の娘ゆえ、縁遠いのもあたりまえでございましょう。もっとも、こんな器量では、お金持の華族さんの家に生れてみても、やっぱり、縁遠いさだめなのかもしれませぬけれど。それでも、私は、私の父をうらんでいません。母をもうらんでおりませぬ。私は、父の実の子です。誰がなんと言おうと、私は、それを信じております。父も母も、私を大事にしてくれます。私も、ずいぶん両親を、いたわります。父も母も、弱い人です。実の子の私にさえ、何かと遠慮をいたします。弱いおどおどした人を、みんなでやさしくいたわらなければならないと存じます。私は、両親のためには、どんな苦しい淋しいことにでも、堪え忍んでゆこうと思っていました。けれども、水野さんと知合いになってからは、やっぱり、すこし親孝行を怠ってしまいました。

申すも恥ずかしいことでございます。水野さんは、私より五つも年下の商業学校の生徒なのです。けれども、おゆるし下さい。私には、ほかに、仕様がなかったのです。水野さんとは、ことしの春、私が左の眼をわずらって、ちかくの眼医者へ通って、その病院の待合室で、知合いになったのでございます。私は、ひとめで人を好きになってしまうたちの女でございます。やはり私と同じように左の眼に白い眼帯をかけ、不快げに眉をひそめて小さい辞書のペエジをあちこち繰ってしらべておられる御様子は、たいへんお可哀そうに見えました。私もまた、眼帯のために、うつうつ気が鬱して、待合室の窓からそとの椎の若葉を眺めてみても、椎の若葉がひどい陽炎《かげろう》に包まれてめらめら青く燃えあがっているように見え、外界のものがすべて、遠いお伽噺《とぎばなし》の国の中にあるように思われ、水野さんのお顔が、あんなにこの世のものならず美しく貴く感じられたのも、きっと、あの、私の眼帯の魔法が手伝っていたと存じます。

水野さんは、みなし児なのです。誰も、しんみになってあげる人がないのです。もとは、なかなかの薬種問屋で、お母さんは水野さんが赤ん坊のころになくなられ、またお父さんも水野さんが十二のときにおなくなりになられて、それから、うちがいけなくなって、兄さん二人、姉さん一人、みんなちりぢりに遠い親戚に引きとられ、末子の水野さんは、お店の番頭さんに養われることになって、いまは、商業学校に通わせてもらっているものの、それでもずいぶん気づまりな、わびしい一日一日を送っておられるらしく、私と一緒に散歩などしているときだけが、たのしいのだ、とご自分でもしみじみそうおっしゃっていたことがございます。身のまわりについても、いろいろとご不自由のことがあるらしく、ことしの夏、お友達と海へ泳ぎに行く約束をしちゃったとおっしゃって、それでも、ちっとも楽しそうな様子が見えず、かえって打ちしおれておられて、その夜、私は盗みをいたしました。男の海水着を一枚盗みました。

町内では、一ばん手広く商っている大丸の店へすっとはいっていって、女の簡単服をあれこれえらんでいるふりをして、うしろの黒い海水着をそっと手繰り寄せ、わきの下にぴったりかかえこみ、静かに店を出たのですが、二三間あるいて、うしろから、もし、もし、と声をかけられ、わあっと、大声発したいほどの恐怖にかられて気違いのように走りました。どろぼう！　という太いわめき声を背後《うしろ》に聞いて、がんと肩を打たれてよろめいて、ふと振りむいたら、ぴしゃんと頰を殴られました。

私は、交番に連れて行かれました。交番のまえには、黒山のように人がたかりました。みんな町内の見知った顔の人たちばかりでした。私の髪はほどけて、ゆかたの裾からは膝小僧さえ出ていました。あさましい姿だと思いました。

おまわりさんは、私を交番の奥の畳を敷いてある狭い部屋に坐らせ、いろいろ私に問いただしました。色が白く、細面の、金縁の眼鏡をかけた、二十七、八のいやらしいおまわりさんでございました。ひととおり私の名前や住所や年齢を尋ねて、それをいちいち手帖に書きとってから、急ににやにや笑いだして、

――こんどで、何回めだね？

と言いました。私は、ぞっと寒気を覚えました。私には、答える言葉が思い浮ばなかったのでございます。まごまごしていたら、これは牢屋へいれられる、重い罪名を負わされる。なんとかして巧く言いのがれなければ、と私は必死になって弁解の言葉を捜したのでございますが、なんと言い張ったらよいのか、五里霧中をさまよう思いで、あんなに恐ろしかったことはございません。叫ぶようにして、やっと言い出した言葉は、自分ながら、ぶざまな唐突なもので、けれども一こと言いだしたら、まるで狐につかれたようにとめどもなく、おしゃべりがはじまって、なんだか狂っていたようにも思われます。

――私を牢へ入れては、いけません。私は悪くないのです。私は二十四になります。二十四年間、私は親孝行いたしました。父と母に、大事に大事に仕えてきました。私は、何が悪いのです。私は、ひとさまから、うしろ指ひとつさされたことがございません。水野さんは、立派なかたです。いまに、きっと、お偉くなるおかたなのです。それは、私に、わかっております。私は、あのおかたに恥をかかせたくなかったのです。お友達と海へ行く約束があったのです。人並の仕度をさせて、海へやろうと思ったんだ。それがなぜ悪いことなのです。私は、ばかです。ばかなんだけれど、それでも、私は立派に水野さんを仕立ててごらんにいれます。あのおかたは、上品な生れの人なのです。他の人とは、ちがうのです。私は、どうなってもいいんだ、あのひとさえ、立派に世の中へ出られたら、それでもう、私はいいんだ、私には仕事があるのです。私を牢にいれては、いけません。私は二十四になるまで、何ひとつ悪いことはしなかった。弱い両親を一生懸命いたわってきたんじゃないか。いやです、いやです、私を牢へいれては、いけません。私は牢へいれられるわけはない。二十四年間、努めに努めて、そうしてたった一瞬、ふっと間違って手を動かしたからって、それだけのことで、二十四年間、いいえ、私の一生をめちゃめちゃにするのは、いけないことです。まちがっています。私には、不思議でなりません。一生のうち、たったいちど、思わず右手が一尺うごいたからって、それが手癖の悪い証拠になるのでしょうか。あんまりです、あんまりです。たったいちど、ほんの二、三分の事件じゃないか。私は、まだ若いのです。これからの命です。私は、いままでと同じようにつらい貧乏ぐらしを辛抱して生きていくのです。それだけのことなんだ。私は、なんにも変っていやしない。きのうのままの、さき子です。海水着ひとつで、大丸さんに、どんな迷惑がかかるのか。人をだまして千円二千円しぼりとっても、いいえ、一身代つぶしてやって、それで、みんなにほめられている人さえあるじゃございませんか。牢はいったい誰のためにあるのです。お金のない人ばかり牢へいれられています。私は、強盗にだって同情できるんだ。あの人たちは、きっと他人をだますことのできない弱い正直な性質なんだ。人をだましていい生活をするほど悪がしこくないから、だんだん追いつめられて、あんなばかげたことをして、二円、三円を強奪して、そうして五年も十年も牢へはいっていなければいけない。ははははは、おかしい、おかしい、なんてこった、ああ、ばかばかしいのねえ。

私は、きっと狂っていたのでしょう。それにちがいございませぬ。おまわりさんは、蒼い顔をして、じっと私を見つめていました。私は、ふっとそのおまわりさんを好きに思いました。泣きながら、それでも無理して微笑んで見せました。どうやら私は、精神病者のあつかいを受けたようでございます。おまわりさんは、はれものにさわるように、大事に私を警察署へ連れていって下さいました。その夜は、留置場へとめられ、朝になって、父が迎えに来てくれて、私は、家へかえしてもらいました。父は家へ帰る途中、なぐられやしなかったか、と一言そっと私にたずねたきりで、他にはなんにも言いませんでした。

その日の夕刊を見て、私は顔を、耳まで赤くしました。私のことが出ていたのでございます。万引にも三分の理、変質の左翼少女滔々《とうとう》と美辞麗句、という見出しでございました。恥辱は、それだけでございませんでした。近所の人たちは、うろうろ私の家のまわりを歩いて、私もはじめは、それがなんの意味かわかりませんでしたが、みんな私の様《さま》を覗きに来ているのだ、と気附いたときには、私はわなわな震えました。私のあのちょっとした動作が、どんなに大事件だったのか、だんだんはっきりわかってきて、あのとき、私のうちに毒薬があれば私は気楽に呑んだことでございましょうし、ちかくに竹藪でもあれば、私は平気で中へはいっていって首を吊ったことでございましょう。二、三日のあいだ、私の家では、店をしめました。

やがて私は、水野さんからもお手紙いただきました。

――僕は、この世の中で、さき子さんを一ばん信じている人間であります。ただ、さき子さんには、教育が足りない。さき子さんは、正直な女性なれども、環境において正しくないところがあります。僕はそこの個所を直してやろうと努力してきたのであるが、やはり絶対のものがあります。人間は、学問がなければいけません。先日、友人とともに海水浴に行き、海浜にて人間の向上心の必要について、ながいこと論じ合った。僕たちは、いまに偉くなるだろう。さき子さんも、以後は行いをつつしみ、犯した罪の万分の一にても償い、深く社会に陳謝するよう、社会の人、その罪を憎みて、その人を憎まず。水野三郎。（読後かならず焼却のこと。封筒もともに焼却して下さい。必ず。）

これが、その手紙の全文でございます。私は、水野さんが、もともと、お金持の育ちだったことを忘れていました。

針の筵《むしろ》の一日一日がすぎて、もう、こんなに涼しくなってまいりました。今夜は、父が、どうもこんなに電燈が暗くては、気が滅入っていけない、と申して、六畳間の電球を、五十燭のあかるい電球と取りかえました。そうして、親子三人、あかるい電燈の下で、夕食をいただきました。母は、ああ、まぶしい、まぶしいといっては、箸持つ手を額にかざして、たいへん浮き浮きはしゃいで、私も、父にお酌をしてあげました。私たちのしあわせは、所詮《しょせん》こんな、お部屋の電球を変えることくらいのものなのだ、とこっそり自分に言い聞かせてみましたが、そんなにわびしい気も起らず、かえってこのつつましい電燈をともした私たち一家が、ずいぶん綺麗な走馬燈のような気がしてきて、ああ、覗くなら覗け、私たち親子は、美しいのだ、と庭に鳴く虫にまでも知らせてあげたい静かなよろこびが、胸にこみあげてきたのでございます。

姥捨

そのとき、

「いいの。あたしは、きちんと始末いたします。はじめから覚悟していたことなのです。ほんとうに、もう。」変った声で呟いたので、

「それはいけない。おまえの覚悟というのは私にわかっている。ひとりで死んでゆくつもりか、でなければ、身ひとつでやけくそに落ちてゆくか、そんなところだろうと思う。おまえには、ちゃんとした親もあれば、弟もある。私は、おまえがそんな気でいるのを、知っていながら、はいそうですかとすまして見ているわけにゆかない。」などと、ふんべつありげなことを言っていながら、嘉七も、ふっと死にたくなった。

「死のうか。一緒に死のう。神さまだってゆるしてくれる。」

ふたり、厳粛に身仕度をはじめた。

あやまった人を愛撫した妻と、妻をそのような行為にまで追いやるほど、それほど日常の生活を荒廃させてしまった夫と、お互い身の結末を死ぬことによってつけようと思った。早春の一日である。そのつきの生活費が十四、五円あった。それを、そっくり携帯した。そのほか、ふたりの着換えの着物ありったけ、嘉七のどてらと、かず枝の袷《あわせ》いちまい、帯二本、それだけしか残ってなかった。それを風呂敷に包み、かず枝がかかえて、夫婦が珍らしく肩をならべての外出であった。夫にはマントがなかった。久留米絣《くるめがすり》の着物にハンチング、濃紺の絹の襟巻を首にむすんで、下駄だけは、白く新しかった。妻にもコオトがなかった。羽織も着物も同じ矢絣模様の銘仙《めいせん》で、うすあかい外国製の布《ぬの》切《きれ》のショオルが、不似合いに大きくその上半身を覆っていた。質屋の少し手前で夫婦はわかれた。

真昼の荻窪の駅には、ひそひそ人が出はいりしていた。嘉七は、駅のまえにだまって立って煙草をふかしていた。きょときょと嘉七を捜し求めて、ふいと嘉七の姿を認めるや、ほとんどころげるように駈け寄って来て、

「成功よ。大成功。」とはしゃいでいた。「十五円も貸しやがった。ばかねえ。」

この女は死なぬ。死なせては、いけないひとだ。おれみたいに生活に圧し潰されていない。まだまだ生活する力を残している。死ぬひとではない。死ぬことを企てたという

だけで、このひとの世間への申しわけが立つはずだ。それだけで、いい。この人は、ゆるされるだろう。それでいい。おれだけ、ひとり死のう。

「それは、お手柄《てがら》だ。」と微笑してほめてやって、そっと肩を叩いてやりたく思った。

「あわせて三十円じゃないか。ちょっとした旅行ができるね。」

新宿までの切符を買った。新宿で降りて、それから薬屋に走った。そこで催眠剤の大箱を一個買い、それからほかの薬屋に行って別種の催眠剤を一箱買った。かず枝を店の外に待たせておいて、嘉七は笑いながらその薬品を買い求めたので、別段、薬屋にあやしまれることはなかった。さいごに三越にはいり、薬品部に行き、店の雑沓ゆえに少し大胆になり、大箱を二つ求めた。黒眼がち、まじめそうな細面の女店員が、ちらと狐疑の皺を眉間に浮べた。いやな顔をしたのだ。嘉七も、はっ、となった。急には微笑も、つくれなかった。薬品は、冷く手渡された。おれたちのうしろ姿を、背伸びして見ている。それを知っていながら、嘉七は、わざとかず枝にぴったり寄り添うて人ごみの中を歩いた。自身こんなに平気で歩いていても、やはり、人から見ると、どこか異様な影があるのだ。嘉七は、かなしいと思った。三越では、それからかず枝は、特売場で白足袋を一足買い、嘉七は上等の外国煙草を買って、外へ出た。自動車に乗り、浅草へ行った。活動館へはいって、そこでは荒城の月という映画をやっていた。さいしょ田舎の小学校の屋根や柵《さく》が映《うつ》されて、子供の唱歌が聞えてきた。嘉七は、それに泣かされた。「恋人どうしはね、」嘉七は暗闇のなかで笑いながら妻に話しかけた。「こうして活動を見ていながら、こうやって手を握り合っているものだそうだ。」ふびんさに、右手でもってかず枝の左手をたぐり寄せ、そのうえに嘉七のハンチングをかぶせてかくし、かず枝の小さい手をぐっと握ってみたが、流石《さすが》にかかる苦しい立場に置かれてある夫婦の間では、それは、不潔に感じられ、おそろしくなって、嘉七は、そっと手を離した。かず枝は、ひくく笑った。嘉七の不器用な冗談に笑ったのではなく、映画のつまらぬギャグに笑い興じていたのだ。

このひとは、映画を見ていて幸福になれるつつましい、いい女だ。このひとを、ころしてはいけない。こんなひとが死ぬなんて、間違いだ。

「死ぬの、よさないか？」

「ええ、どうぞ。」うっとり映画を見つづけながら、ちゃんと答えた。「あたし、ひとりで死ぬつもりなんですから。」

嘉七は、女体の不思議を感じた。活動館を出たときには、日が暮れていた。かず枝は、すしを食いたい、と言いだした。嘉七は、すしは生臭《なまぐさ》くて好きでなかった。それに今夜は、も少し高価なものを食いたかった。

「すしは、困るな。」

「でも、あたしは、たべたい。」かず枝に、わがままの美徳を教えたのは、とうの嘉七であった、忍従のすまし顔の不純を例証して威張って教えた。

みんなおれにはねかえってくる。

すし屋で少しお酒を呑んだ。嘉七は牡蠣《かき》のフライをたのんだ。これが東京での最後のたべものになるのだ、と自分に言い聞かせてみて、流石に苦笑であった。妻は、てっかをたべていた。

「おいしいか。」

「まずい。」しんから憎々しそうにそう言って、また一つ頬張り、「ああまずい。」

ふたりとも、あまり口をきかなかった。

すし屋を出て、それから漫才館にはいった。満員で坐れなかった。入口からあふれるほど一ぱいのお客が押し合いへし合いしながら立って見ていて、それでも、時々あははははと声をそろえて笑っていた。客たちにもまれもまれて、かず枝は、嘉七のところから、五間以上も遠くへ引き離された。かず枝は、背《せ》がひくいから、お客の垣の間から舞台を覗き見するのに大苦心の態《てい》であった。田舎くさい小女に見えた。嘉七も、客にもまれながら、ちょいちょい背伸びしては、かず枝のその姿を心細げに追い求めているのだ。舞台よりも、かず枝の姿のほうを多く見ていた。黒い風呂敷包を胸にしっかり抱きかかえて、そのお荷物の中には薬品も包まれてあるのだが、頭をあちこち動かして舞台の芸人の有様を見ようとあせっているかず枝も、ときたまふっと振りかえって嘉七の姿を捜し求めた。ちらと互いの視線が合っても、べつだん、ふたり微笑もしなかった。なんでもない顔をしていて、けれども、やはり、安心だった。

あの女に、おれはずいぶん、お世話になった。それは、忘れてはならぬ。責任は、みんなおれにあるのだ。世の中のひとが、もし、あの人を指弾するなら、おれは、どんなにでもして、あのひとをかばわなければならぬ。あの女は、いいひとだ。それは、おれが知っている。信じている。

こんどのことは？　ああ、いけない、いけない。おれは、笑ってすませぬのだ。だめなのだ。あのことだけは、おれは平気でおられぬ。たまらないのだ。

ゆるせ。これは、おれの最後のエゴイズムだ。倫理は、おれは、こらえることができる。感覚が、たまらぬのだ。とてもがまんができぬのだ。

笑いの波がわっと館内にひろがった。嘉七は、かず枝に目くばせして外に出た。

「水上《みなかみ》に行こう、ね。」その前のとしのひと夏を、水上駅から徒歩で一時間ほど登って行き着ける谷川温泉という、山の中の温泉場で過した。真実くるし過ぎた一夏ではあったが、くるしすぎて、いまでは濃い色彩の着いた絵葉書のように甘美な思い出にさえなっていた。白い夕立の降りかかる山、川、かなしく死ねるように思われた。水上、と聞いて、かず枝のからだは急に生き生きしてきた。

「あ、そんなら、あたし、甘栗を買って行かなくちゃ。おばさんがね、たべたいたべたい言ってたの。」その宿の老妻に、かず枝は甘えて、また、愛されてもいたようであった。ほとんど素人下宿《しろうと》のような宿で、部屋も三つしかなかったし、内湯もなくて、すぐ隣りの大きい旅館にお湯をもらいに行くか、雨降ってるときには傘をさし、夜なら提灯《ちょうちん》かはだか蠟燭もって、したの谷川まで降りていって川原の小さい野天風呂にひたらなければならなかった。老夫婦ふたりきりで子供もなかったようだし、それでも三つの部屋がたまにふさがることもあって、そんなときには老夫婦てんてこまいで、かず枝も台所で手伝いやら邪魔やらしていたようであった。お膳にも、筋子だの納豆《なっとう》だのついていて、宿屋の料理ではなかった。嘉七には居心地よかった。老妻が歯痛をわずらい、見かねて嘉七が、アスピリンを与えたところ、ききすぎて、てもなくとろとろ眠りこんでしまって、ふだんから老妻を可愛がっている主人は、心配そうにうろうろして、かず枝は大笑いであった。いちど、嘉七がひとり、頭をたれて宿ちかくの草むらをふらふら歩きまわって、ふと宿の玄関のほうを見たら、うす暗い玄関の階段の下の板の間《いたま》に、老妻が小さくぺたんと坐ったまま、ぼんやり嘉七の姿を眺めていて、それは嘉七の貴い秘密のひとつになった。老妻といっても、四十四、五の福々しい顔の上品におっとりしたひとであった。主人は、養子らしかった。その老妻である。かず枝は、甘栗を買い求めた。嘉七はすすめて、もすこし多く買わせた。

上野駅には、ふるさとのにおいがする。誰か、郷里のひとがいないかと、嘉七には、いつもおそろしかった。わけてもその夜は、お店《たな》の手代と女中が藪入りでうろつきまわっているような身なりだったし、ずいぶん人目《ひとめ》がはばかられた。売店で、かず枝はモダン日本の探偵小説特輯号を買い、嘉七は、ウイスキイの小瓶を買った。新潟行、十時半の汽車に乗りこんだ。

向い合って席に落ちついてから、ふたりはかすかに笑った。

「ね、あたし、こんな恰好をして、おばさん変に思わないかしら。」

「かまわないさ。ふたりで浅草へ活動見にいってその帰りに主人がよっぱらって、水上のおばさんとこに行こうってきかないから、そのまま来ましたって言えば、それでいい。」

「それも、そうね。」けろっとしていた。

すぐ、また言い出す。

「おばさん、おどろくでしょうね。」汽車が発車するまでは、やはり落ちつかぬ様子であった。

「よろこぶだろう。きっと。」発車した。かず枝は、ふっとこわばった顔になりきょろきょろとプラットフォームを横目で見て、これでおしまいだ。度胸が出たのか、膝の風呂敷包をほどいて雑誌を取り出し、ペエジを繰った。

嘉七は、脚がだるく、胸だけ不快にわくわくして、薬を飲むような気持でウイスキイを口のみした。

金があれば、なにも、この女を死なせなくてもいいのだ。相手の、あの男が、もすこしはっきりした男だったら、これはまた別な形も執《と》れるのだ。見ちゃおられぬ。この女の自殺は、意味がない。

「おい、私は、いい子かね。」だしぬけに嘉七は、言い出した。「自分ばかり、いい子になろうと、しているのかね。」

声が大きかったので、かず枝はあわて、それから、眉をけわしくしかめて怒った。嘉七は、気弱く、にやにや笑った。

「だけどもね、」おどけて、わざと必要以上に声を落して、「おまえは、まだ、そんなに不仕合せじゃないのだよ。だって、おまえは、ふつうの女だもの。わるくもなければよくもない、本質から、ふつうの女だ。けれども、私はちがう。たいへんな奴だ。どうやら、これは、ふつう以下だ。」

汽車は赤羽をすぎ、大宮をすぎ、暗闇の中をどんどん走っていた。ウイスキイの酔もあり、また、汽車の速度にうながされて、嘉七は能弁になっていた。

「女房にあいそをつかされて、それだからとて、どうにもならず、こうしてうろうろ女房について廻っているのは、どんなに見っともないものか、私は知っている。おろかだ。けれども、私は、いい子じゃない。いい子は、いやだ。なにも、私が人がよくて女にだまされ、そうしてその女をあきらめ切れず、女にひきずられて死んで、芸術の仲間たちから、純粋だ、世間の人たちから、気の弱いよい人だった、などそんないい加減な同情を得ようとしているのではないのだよ。おれは、おれ自身の苦しみに負けて死ぬのだ。なにも、おまえのために死ぬわけじゃない。私にも、いけないところが、たくさんあったのだ。ひとに頼りすぎた。ひとのちからを過信した。そのことも、また、そのほかの恥ずかしい数々の私の失敗も、私自身、知っている。私は、なんとかして、あたりまえのひとの生活をしたくて、どんなに、いままで努めてきたか、おまえにも、それは、少しわかっていないか。わら一本、それにすがって生きていたのだ。ほんの少しの重さにもその藁が切れそうで、私は一生懸命だったのに。わかっているだろうね。私が弱いのではなくて、くるしみが、重すぎるのだ。これは、愚痴だ。うらみだ。けれども、それを、口に出して、はっきり言わなければ、ひとは、いや、おまえだって、私の鉄面皮の強さを過信して、あの男は、くるしいくるしいと言ったって、ポオズだ、身振りだ、と、軽く見ている。」

かず枝は、なにか言いだしかけた。

「いや、いいんだ。おまえを非難しているんじゃないのです。おまえは、いいひとだ。いつでも、おまえは、素直だった。言葉のままに信じたひとだ。おまえを非難しようとは思わない。おまえよりもっともっと学問があり、ずいぶん古い友だちでも、私の苦しさを知らなかった。私の愛情を信じなかった。むりもないのだ。私は、つまり、下手だったのさ。」そう言ってやって微笑したら、かず枝は一瞬、得意になり、

「わかりました。もう、いいのよ。ほかのひとに聞えたら、たいへんじゃないの。」

「なんにも、わかっていないんだなあ。おまえには、私がよっぽどばかに見えているんだね。私は、ね、いま、自分でいい子になろうとしているところが、心のどこかの片隅に、やっぱりひそんでいるのではないかしら、とそれで苦しんでいるのだよ。おまえと一緒になって六、七年にもなるけれど、おまえは、いちども、いや、そんなことでおまえを非難しようとは思わない。むりもないことなのだ。おまえの責任ではない。」

かず枝は聞いていなかった。だまって雑誌を読みはじめていた。嘉七は、いかめしい顔つきになり、真暗い窓にむかって独りごとのように語りつづけた。

「冗談じゃないよ。なんで私がいい子なものか。人は、私を、なんと言っているか、嘘つきの、なまけものの、自惚れやの、ぜいたくやの、女たらしの、そのほか、まだまだ、おそろしくたくさんの悪い名前をもらっている。けれども、私は、だまっていた。一ことの弁解もしなかった。私には、私としての信念があったのだ。けれども、それは、口に出して言っちゃいけないことだ。それでは、なんにもならなくなるのだ。私は、やっぱり歴史的使命ということを考える。自分ひとりの幸福だけでは、生きていけない。私は、歴史的に、悪役を買おうと思った。ユダの悪が強ければ強いほど、キリストのやさしさの光が増す。私は自身を滅亡する人種だと思っていた。私の世界観がそう教えたのだ。強烈なアンチテエゼを試みた。滅亡するものの悪をエムファサイズしてみせればみせるほど、次に生れる健康の光のばねも、それだけ強くはねかえってくる、それを信じていたのだ。私は、それを祈っていたのだ。私ひとりの身の上は、どうなってもかまわない。反立法としての私の役割が、次に生れる明朗に少しでも役立てば、それで私は、死んでもいいと思っていた。誰も、笑って、ほんとうにしないかもしれないが、実際それは、そう思っていたものだ、私は、そんなばかなのだ。私は、間違っていたかもしれないね。やはり、どこかで私は、思いあがっていたのかもしれないね。それこそ、甘い夢かもしれない。人生は芝居じゃないのだからね。おれは敗けてどうせ近く死ぬのだから、せめて君だけでも、しっかりやってくれ、という言葉は、これは間違いかもしれないね。一命すてて創った屍臭ふんぷんのごちそうは、犬も食うまい。与えられた人こそ、いいめいわくかもわからない。われひと共に栄えるのでなければ、意味をなさないのかもしれない。」窓は答えるはずはなかった。

嘉七は立って、よろよろトイレットのほうへ歩いていった。トイレットへはいって、扉をきちんとしめてから、ちょっと躊躇して、ひたと両手合せた。祈る姿であった。みじんも、ポオズでなかった。

水上駅に到着したのは、朝の四時である。まだ、暗かった。心配していた雪もたいてい消えていて、駅のもの蔭に薄鼠いろして静かにのこっているだけで、このぶんならば山上の谷川温泉まで歩いて行けるかもしれないと思ったが、それでも大事をとって嘉七は駅前の自動車屋を叩き起した。

自動車がくねくね電光型に曲折しながら山をのぼるにつれて、野山が闇の空を明るくするほど真白に雪に覆われているのがわかってきた。

「寒いのね。こんなに寒いと思わなかったわ。東京では、もうセル着て歩いているひとだってあるのよ。」運転手にまで、身なりの申しわけを言っていた。「あ、そこを右。」

宿が近づいて、かず枝は活気を呈してきた。「きっと、まだ寝ていることよ。」こんどは運転手に、「ええ、もすこしさき。」

「よし、ストップ。」嘉七が言った。「あとは歩く。」そのさきは、路が細かった。

自動車を棄てて、嘉七もかず枝も足袋《たび》を脱ぎ、宿まで半丁ほどを歩いた。路面の雪は溶けかけたままあやうく薄く積っていて、ふたりの下駄をびしょ濡れにした。宿の戸を叩こうとすると、すこしおくれて歩いてきたかず枝はすっと駈け寄り、

「あたしに叩かせて。あたしが、おばさんを起すのよ。」手柄を争う子供に似ていた。

宿の老夫婦は、おどろいた。謂わば、静かにあわてていた。

嘉七は、ひとりさっさと二階にあがって、まえのとしの夏に暮した部屋にはいり、電灯のスイッチをひねった。かず枝の声が聞えてくる。

「それがねえ、おばさんのとこに行こうって、きかないのよ。芸術家って、子供ね。」自身の嘘に気がついていないみたいに、はしゃいでいた。東京はセル、をまた言った。

そっと老妻が二階へあがってきて、ゆっくり部屋の雨戸を繰りあけながら、

「よく来たねえ。」

と一こと言った。

そとは、いくらか明るくなっていて、まっ白な山腹が、すぐ眼のまえに現われた。谷間を覗いてみると、もやもや朝霧の底に一条の谷川が黒く流れているのも見えた。

「おそろしく寒いね。」嘘である。そんなに寒いとは思わなかったのだが、「お酒、のみたいな。」

「だいじょうぶかい？」

「ああ、もうからだは、すっかりいいんだ。ふとったろう。」

そこへかず枝が、大きい火燵《こたつ》を自分で運んで持ってきた。

「ああ、重い。おばさん、これ、おじさんのを借りたわよ。おじさんが持っていってもいいと言ったの。寒くって、かなやしない。」嘉七のほうに眼もくれず、ひとりで異様にはしゃいでいた。

ふたりきりになると急に真面目になり、

「あたし、疲れてしまいました。お風呂へはいって、それから、ひとねむりしようと思うの。」

「したの野天風呂に行けるかしら。」

「ええ、行けるそうです。おじさんたちも、毎日はいりに行ってるんですって。」

主人が大きい藁ぐつをはいて、きのう降りつもったばかりの雪を踏みかため踏みかため路をつくってくれて、そのあとから嘉七、かず枝がついて行き、薄明の谷川へ降りていった。主人が持参した蓙《ござ》のうえに着物を脱ぎ捨て、ふたり湯の中にからだを滑り込ませる。かず枝のからだは、丸くふとっていた。今夜死ぬる物とは、どうしても、思えなかった。

主人がいなくなってから、嘉七は、

「あの辺かな?」と、濃い朝霧がゆっくり流れている白い山腹を顎でしゃくってみせた。

「でも、雪が深くて、のぼれないでしょう?」

「もっと下流がいいかな。水上の駅のほうには、雪がそんなになかったからね。」

死ぬる場所を語り合っていた。

宿にかえると蒲団が敷かれていた。かず枝は、すぐそれにもぐりこんで雑誌を読みはじめた。かず枝の蒲団の足のほうに、大きい火燵《こたつ》がいれられていて、温かそうであった。嘉七は、自分のほうの蒲団は、まくりあげて、テーブルのまえにあぐらをかき、火鉢にしがみつきながら、お酒を呑んだ。さかなは、鑵詰の蟹と、干椎茸《ほししいたけ》であった。林檎もあった。

「おい、もう一晩のばさないか?」

「ええ、」妻は雑誌を見ながら答えた。「どうでも、いいけど。でも、お金たりなくなるかもしれないわよ。」

「いくらのこってんだい?」そんなことを聞きながら、嘉七は、つくづく、恥ずかしかった。

みれん。これは、いやらしいことだ。世の中で、いちばんだらしないことだ。こいつはいけない。おれが、こんなにぐずぐずしているのは、なんのことはない、この女のからだを欲しがっているせいではなかろうか。

嘉七は、閉口であった。

生きて、ふたたび、この女と暮していく気はないのか。借銭、それも、義理のわるい借銭、これをどうする。汚名、半気ちがいとしての汚名、これをどうする。病苦、人がそれを信じてくれない皮肉な病苦、これをどうする。そうして、肉親。

「ねえ、おまえは、やっぱり私の肉親に敗れたのだね。どうも、そうらしい。」

かず枝は、雑誌から眼を離さず、口早に答えた。

「そうよ、あたしは、どうせ気にいられないお嫁よ。」

「いや、そうばかりは言えないぞ。たしかにおまえにも、努力の足りないところがあった。」

「もういいわよ。たくさんよ。」雑誌をほうりだして、「理くつばかり言ってるのね。だから、きらわれるのよ。」

「ああ、そうか。おまえは、おれを、きらいだったのだね。しつれいしたよ。」嘉七は、酔漢みたいな口調で言った。

なぜ、おれは嫉妬しないのだろう。やはり、おれは、自惚れやなのであろうか。おれをきらうはずがない。それを信じているのだろうか。怒《いか》りさえない。れいのそのひとが、あまり弱すぎるせいであろうか。おれのこんな、ものの感じかたをこそ、倨傲《きょごう》というのではなかろうか。そんなら、おれの考えかたは、みなだめだ。おれの、これまでの生きかたは、みなだめだ。むりもないことだ、なぞと理解せず、なぜ単純に憎むことができないのか。そんな嫉妬こそ、つつましく、美しいじゃないか。重ねて四つ、という憤怒《ふんぬ》こそ、高く素直なものではないか。細君にそむかれて、その打撃のためにのみ死んでゆく姿こそ、清純の悲しみではないか。けれども、おれは、なんだ。みれんだの、いい子だの、ほとけづらだの、道徳だの、借銭だの、責任だの、お世話になっただの、アンチテエゼだの、歴史的義務だの、肉親だの、ああいけない。

嘉七は、棍棒をふりまわして、自分の頭をぐしゃと叩きつぶしたく思うのだ。

「ひと寝いりしてから、出発だ。決行、決行。」

嘉七は、自分の蒲団をどたばたしいて、それにもぐった。

よほど酔っていたので、どうにか眠れた。ぼんやり眼がさめたのは、ひる少し過ぎで、嘉七は、わびしさに堪《た》えられなかった。はね起きて、すぐまた、寒い寒いを言いながら、下のひとに、お酒をたのんだ。

「さあ、もう起きるのだよ。出発だ。」

かず枝は、口を小さくあけて眠っていた。きょとんと眼をひらいて、

「あ、もう、そんな時間になったの？」

「いや、おひるすこしすぎただけだが、私はもう、かなわん。」

なにも考えたくなかった。はやく死にたかった。

それから、はやかった。このへんの温泉をついでにまわってみたいからと、かず枝に言わせて、宿を立った。空もからりと晴れていたし、私たちはぶらぶら歩いて途中のけしきを見ながら山を下りるから、と自動車をことわり、一丁ほど歩いて、ふと振りむくと、宿の老妻が、ずっとうしろを走って追いかけてきていた。

「おい、おばさんが来たよ。」嘉七は不安であった。

「これ、なあ、」老妻は、顔をあからめて、嘉七に紙包を差し出し、「真綿《まわた》だよ。うちで紡いで、こしらえた。何もないのでな。」

「ありがとう。」と嘉七。

「おばさん、ま、そんな心配して。」とかず枝。何か、ふたり、ほっとしていた。

嘉七は、さっさと歩きだした。

「おだいじに、行きなよ。」

「おばさんもお達者で。」うしろでは、まだ挨拶していた。嘉七はくるり廻れ右して、

「おばさん、握手。」

手をつよく握られて老妻の顔には、気まり悪さと、それから恐怖の色まであらわれていた。

「酔ってるのよ。」かず枝は傍から註釈した。

酔っていた。笑い笑い老妻とわかれ、だらだら山を下るにしたがって、雪も薄くなり、嘉七は小声で、あそこか、ここか、とかず枝に相談をはじめた。かず枝は、もっと水上《みなかみ》の駅にちかいほうが、淋しくなくてよい、と言った。やがて、水上のまちが、眼下にくろく展開した。

「もはや、ゆうよはならん、ね。」嘉七は、陽気を装うて言った。

「ええ。」かず枝は、まじめにうなずいた。

路の左側の杉林に、嘉七は、わざとゆっくりはいっていった。かず枝もつづいた。雪は、ほとんどなかった。落葉が厚く積っていて、じめじめぬかった。かまわず、ずんず

ん進んだ。急な勾配《こうばい》は這ってのぼった。死ぬことにも努力が要る。ふたり坐れるほどの草原を、やっと捜し当てた。そこには、すこし日が当って、泉もあった。

「ここにしよう。」疲れていた。

かず枝はハンケチを敷いて坐って嘉七に笑われた。かず枝は、ほとんど無言であった。風呂敷包から薬品をつぎつぎ取り出し、封を切った。嘉七は、それを取りあげて、

「薬のことは、私でなくちゃわからない。どれどれ、おまえは、これだけのめばいい。」

「すくないのねえ。これだけで死ねるの？」

「はじめのひとは、それだけで死ねます。私は、しじゅうのんでいるから、おまえの十倍はのまなければいけないのです。生きのこったら、めもあてられんからなあ。」生きのこったら、牢屋だ。

けれどもおれは、かず枝に生き残らせて、そうして卑屈な復讐をとげようとしているのではないか。まさか、そんな、あまったるい通俗小説じみた、――腹立たしくさえなって、嘉七は、てのひらから溢れるほどの錠剤を泉の水で、ぐっ、ぐっとのんだ。かず枝も、下手な手つきで一緒にのんだ。

接吻して、ふたりならんで寝ころんで、

「じゃあ、おわかれだ。生き残ったやつは、つよく生きるんだぞ。」

嘉七は、催眠剤だけでは、なかなか死ねないことを知っていた。そっと自分のからだを崖のふちまで移動させて、兵児帯《へこおび》をほどき、首に巻きつけ、その端を桑に似た幹にしばり、眠ると同時に崖から滑り落ちて、そうしてくびれて死ぬる、そんな仕掛けにしておいた。まえから、そのために崖のうえのこの草原を、とくに選定したのである。眠った。ずるずる滑っているのをかすかに意識した。

寒い。眼をあいた。まっくらだった。月かげがこぼれ落ちて、ここは？——はっと気附いた。

おれは生き残った。

のどへ手をやる。兵児帯は、ちゃんとからみついている。腰が、つめたかった。水たまりに落ちていた。それでわかった。崖に沿って垂直に下に落ちず、からだが横転して、崖のうえの窪地に落ち込んだ。窪地には、泉からちょろちょろ流れ出す水がたまって、嘉七の背中から腰にかけて骨まで凍るほど冷たかった。

おれは、生きた。死ねなかったのだ。これは、厳粛の事実だ。このうえは、かず枝を死なせてはならない。ああ、生きているように、生きているように。

四肢萎えて、起きあがることさえ容易でなかった。渾身《こんしん》のちからで、起き直り、木の幹に結びつけた兵児帯をほどいて首からはずし、水たまりの中にあぐらをかいて、あたりをそっと見廻した。かず枝の姿は、なかった。

這いまわって、かず枝を捜した。崖の下に、黒い物体を認めた。小さい犬ころのようにも見えた。そろそろ崖を這い降りて、近づいて見ると、かず枝であった。その脚をつかんでみると、冷たかった。死んだか？　自分の手のひらを、かず枝の口に軽くあてて、呼吸をしらべた。なかった。ばか！　死にやがった。わがままなやつだ。異様な憤怒で、かっとなった。あらあらしく手首をつかんで脈をしらべた。かすかに脈搏が感じられた。生きている。生きている。胸に手をいれてみた。温かった。なあんだ。ばかなやつ。生きていやがる。偉いぞ、偉いぞ。ずいぶん、いとしく思われた。あれくらいの分量で、まさか死ぬわけはない。ああ、あ。多少の幸福感をもって、かず枝の傍に、仰向に寝ころがった。それ切り嘉七は、また、わからなくなった。

二度目にめがさめたときには、傍のかず枝は、ぐうぐう大きな鼾《いびき》をかいていた。嘉七は、それを聞いていながら、恥ずかしいほどであった。丈夫なやつだ。

「おい、かず枝。しっかりしろ。生きちゃった。ふたりとも、生きちゃった。」苦笑しながら、かず枝の肩をゆすぶった。

かず枝は、安楽そうに眠りこけていた。深夜の山の杉の木は、にょきにょき黙ってつっ立って、尖った針の梢《こずえ》には、冷い半月がかかっていた。なぜか、涙が出た。しくしく鳴咽をはじめた。おれは、まだまだ子供だ。子供が、なんでこんな苦労をしなければならぬのか。

　突然、傍のかず枝が、叫び出した。

「おばさん。いたいよう。胸が、いたいよう。」笛の音に似ていた。

　嘉七は驚駭《きょうがい》した。こんな大きな声を出して、もし、誰か麓の路を通るひとにでも聞かれたら、たまったものでないと思った。

「かず枝、ここは、宿ではないんだよ。おばさんなんていないのだよ。」

　わかるはずがなかった。いたいよう、いたいようと叫びながら、からだを苦しげにくねくねさせて、そのうちにころころ下にころがっていった。ゆるい勾配が、麓の街道までもかず枝のからだをころがして行くように思われ、嘉七も無理に自分のからだをころがしてそのあとを追った。一本の杉の木にさえぎ止められ、かず枝は、その幹にまつわりついて、

「おばさん、寒いよう。火燵《こたつ》もってきてよう。」と高く叫んでいた。

　近寄って、月光に照されたかず枝を見ると、もはや、人の姿ではなかった。髪は、ほどけて、しかもその髪には、杉の朽葉が一ぱいついて、獅子の精の髪のように、山姥《やまうば》の髪のように、荒く大きく乱れていた。

しっかりしなければ、おれだけでも、しっかりしなければ。嘉七は、よろよろ立ちあがって、かず枝を抱きかかえ、また杉林の奥のほうへ引きかかえそうと努めた。つんのめり、這いあがり、ずり落ち、木の根にすがり、土を掻き掻き、少しずつ少しずつかず枝のからだを林の奥へ引きずりあげた。何時間、そのような、虫の努力をつづけていたろう。

ああ、もういやだ。この女は、おれには重すぎる。いいひとだが、おれの手にあまる。おれは、無力の人間だ。おれは一生、このひとのために、こんな苦労をしなければ、ならぬのか。いやだ、もういやだ。わかれよう。おれは、おれのちからで、尽せるところまで尽した。

そのとき、はっきり決心がついた。

この女は、だめだ。おれにだけ、無際限にたよっている。ひとから、なんと言われたっていい。おれは、この女とわかれる。

夜明けが近くなってきた。空が白くなりはじめたのである。かず枝も、だんだんおとなしくなってきた。朝霧が、もやもや木立に充満している。

単純になろう。単純になろう。男らしさ、というこの言葉の単純性を笑うまい。人間は、素朴に生きるより、他に、生きかたがないものだ。

かたわらに寝ているかず枝の髪の、杉の朽葉を、一つ一つたんねんに取ってやりながら、

おれは、この女を愛している。どうしていいか、わからないほど愛している。そいつが、おれの苦悩のはじまりなんだ。けれども、もう、いい。おれは、愛しながら遠ざかり得る、何かしら強さを得た。生きていくためには、愛をさえ犠牲にしなければならぬ。なんだ、あたりまえのことじゃないか。世間の人は、みんなそうして生きている。あたりまえに生きるのだ。生きてゆくには、それよりほかに仕方がない。おれは、天才でない。気ちがいじゃない。

ひるすこし過ぎまで、かず枝は、たっぷり眠った。そのあいだに、嘉七は、よろめきながらも自分の濡れた着物を脱いで、かわかし、また、かず枝の下駄を捜しまわったり、薬品の空箱を土に埋めたり、かず枝の着物の泥をハンケチで拭きとったり、その他たくさんの仕事をした。

かず枝は、めをさまして、嘉七から昨夜のことをいろいろ聞かされ、

「とうさん、すみません。」と言って、ぴょこんと頭をさげた。

嘉七は、笑った。

嘉七のほうは、もう歩けるようになっていたが、かず枝は、だめであった。しばらく、

ふたりは坐ったまま、きょうこれからのことを相談し合った。お金は、まだ十円ちかくのこっていた。嘉七は、ふたり一緒に東京へかえることを主張したが、かず枝は、着物もひどく汚れているし、とてもこのままでは汽車に乗れない、と言い、結局、かず枝は、また自動車で谷川温泉へかえり、おばさんに、よその温泉場で散歩して転んで、着物を汚したとか、なんとか下手な嘘を言って、嘉七が東京にさきにかえって着換えの着物とお金を持ってまた迎えにくるまで、宿で静養している、ということに手筈がきまった。嘉七の着物がかわいたので、嘉七はひとり杉林から脱けて、水上のまちに出て、せんべいとキャラメルと、サイダーを買い、また山に引きかえしてきて、かず枝と一緒にたべた。かず枝は、サイダーを一口のんで吐いた。

暗くなるまで、ふたりでいた。かず枝が、やっとどうにか歩けるようになって、ふたりこっそり杉林を出た。かず枝を自動車に乗せて谷川にやってから、嘉七は、ひとりで汽車で東京に帰った。

あとは、かず枝の叔父に事情を打ち明けて一切をたのんだ。無口な叔父は、

「残念だなあ。」

といかにも、残念そうにしていた。

叔父がかず枝を連れてかえって、叔父の家に引きとり、

「かず枝のやつ、宿の娘みたいに、夜寝るときは、亭主とおかみの間に蒲団ひかせて、のんびり寝ていた。おかしなやつだね。」と言って、首をちぢめて笑った。他には、何も言わなかった。

この叔父は、いいひとだった。嘉七がはっきりかず枝とわかれてからも、嘉七と、なんのこだわりもなく酒をのんで遊びまわった。それでも、時おり、

「かず枝も、かあいそうだね。」

と思い出したようにふっと言い、嘉七は、その都度、心弱く、困った。

葉桜と魔笛

桜が散って、このように葉桜のころになれば、私は、きっと思い出します。——と、その老夫人は物語る。——いまから三十五年まえ、父はその頃まだ存命中でございまして、私の一家、と言いましても、母はその七年まえ私が十三のときに、もう他界なされて、あとは、父と、私と妹と三人きりの家庭でございましたが、父は、私十八、妹十六のときに島根県の日本海に沿った人口二万余りのあるお城下まちに、中学校長として赴任して来て、恰好の借家もなかったので、町はずれの、もうすぐ山に近いところに一つ離れてぽつんと建って在るお寺の、離れ座敷、二部屋拝借して、そこに、ずっと、六年目に松江の中学校に転任になるまで、住んでいました。私が結婚いたしましたのは、松江に来てからのことで、二十四の秋でございますから、当時としてはずいぶん遅い結婚でございました。早くから母に死なれ、父は頑固一徹の学者気質で、世俗のことには、とんと、うとく、私がいなくなれば、一家の切りまわしが、まるで駄目になることが、わかっていましたので、私も、それまでにいくらも話があったのでございますが、家を捨ててまで、よそへお嫁に行く気が起らなかったのでございます。せめて、妹さえ丈夫でございましたならば、私も、少し気楽だったのですけれども、妹は、私に似ないで、たいへん美しく、髪も長く、とてもよくできる、可愛い子でございましたが、からだが弱く、その城下まちへ赴任して、二年目の春、私二十、妹十八で、妹は、死にました。そのころの、これは、お話でございます。妹は、もう、よほどまえから、いけなかったのでございます。腎臓結核という、わるい病気でございまして、気のついたときには、両方の腎臓が、もう虫食われてしまっていたのだそうで、医者も、百日以内、とはっきり父に言いました。どうにも、手のほどこしようがないのだそうでございます。ひとつき経ち、ふたつき経って、そろそろ百日目がちかくなってきても、私たちはだまって見ていなければいけません。妹は、何も知らず、割に元気で、終日寝床に寝たきりなのでございますが、それでも、陽気に歌をうたったり、冗談言ったり、私に甘えたり、これがもう三、四十日経つと、死んでゆくのだ、はっきり、それにきまっているのだ、と思うと、胸が一ぱいになり、総身を縫針で突き刺されるように苦しく、私は、気が狂うようになってしまいます。三月、四月、五月、そうです。五月のなかば、私は、あの日を忘れません。

野も山も新緑で、はだかになってしまいたいほど温かく、私には、新緑がまぶしく、眼にちかちか痛くって、ひとり、いろいろ考えごとをしながら帯の間に片手をそっと差しいれ、うなだれて野道を歩き、考えること、考えること、みんな苦しいことばかりで息ができなくなるくらい、私は、身悶えしながら歩きました。どおん、どおん、と春の土の底から、まるで十万億土から響いてくるように、幽かな、けれども、おそろしく幅のひろい、まるで地獄の底で大きな大きな太鼓でも打ち鳴らしているような、おどろおどろした物音が、絶え間なく響いてきて、私には、その恐ろしい物音が、なんであるか、わからず、ほんとうにもう自分が狂ってしまったのではないか、と思い、そのまま、からだが凝結して立ちすくみ、突然わあっ！　と大声が出て、立っておられずぺたんと草原に坐って、思い切って泣いてしまいました。

あとで知ったことでございますが、あの恐ろしい不思議な物音は、日本海大海戦、軍艦の大砲の音だったのでございます。東郷提督の命令一下で、露国のバルチック艦隊を一挙に撃滅なさるための、大激戦の最中だったのでございます。ちょうど、そのころでございますものね。海軍記念日は、ことしも、また、そろそろやってまいります。あの海岸の城下まちにも、大砲の音が、おどろおどろ聞えてきて、まちの人たちも、生きたそらがなかったのでございましょうが、私は、そんなこととは知らず、ただもう妹のことで一ぱいで、半気違いの有様だったので、何か不吉な地獄の太鼓のような気がして、ながいこと草原で、顔もあげずに泣きつづけておりました。日が暮れかけてきたころ、私はやっと立ちあがって死んだように、ぼんやりなってお寺へ帰ってまいりました。

「ねえさん。」と妹が呼んでおります。妹も、そのころは、痩せ衰えて、ちからなく、自分でも、うすうす、もうそんなに永くないことを知ってきている様子で、以前のように、あまり何かと私に無理難題いいつけて甘ったれるようなことが、なくなってしまって、私には、それがまた一そうつらいのでございます。

「ねえさん、この手紙、いつ来たの?」

私は、はっと、むねを突かれ、顔の血の気がなくなったのを自分ではっきり意識いたしました。

「いつ来たの?」妹は、無心のようでございます。私は、気を取り直して、

「ついさっき。あなたの眠っていらっしゃる間に。あなた、笑いながら眠っていたわ。あたし、こっそりあなたの枕もとに置いといたの。知らなかったでしょう?」

「ああ、知らなかった。」妹は、夕闇の迫った薄暗い部屋の中で、白く美しく笑って、「ねえさん、あたし、この手紙読んだの。おかしいわ。あたしの知らないひとなのよ。」

知らないことがあるものか。私は、その手紙の差出人のM・Tという男のひとを知っております。ちゃんと知っていたのでございます。いいえ、お逢いしたことはないのでございますが、私が、その五、六日まえ、妹の箪笥《たんす》をそっと整理して、その折に、ひとつの引き出しの奥底に、一束の手紙が、緑のリボンできっちり結ばれて隠されてあるのを発見いたし、いけないことでしょうけれども、リボンをほどいて、見てしまったのでございます。およそ三十通ほどの手紙、全部がそのM・Tさんからのお手紙だったのでございます。もっとも手紙のおもてには、M・Tさんのお名前は書かれておりませぬ。手紙の中にちゃんと書かれてあるのでございます。そうして、手紙のおもてには、差出人としていろいろの女のひとの名前が記されてあって、それがみんな、実在の、妹のお友達のお名前でございましたので、私も父も、こんなにどっさり男のひとと文通しているなど、夢にも気附かなかったのでございます。

きっと、そのM・Tという人は、用心深く、妹からお友達の名前をたくさん聞いておいて、つぎつぎとその数ある名前を用いて手紙を寄こしていたのでございましょう。私は、それにきめてしまって、若い人たちの大胆さに、ひそかに舌を巻き、あの厳格な父に知れたら、どんなことになるだろう、と身震いするほどおそろしく、けれども、一通ずつ日附にしたがって読んでゆくにつれて、私まで、なんだか楽しく浮き浮きしてきて、ときどきはあまりの他愛なさに、ひとりでくすくす笑ってしまって、おしまいには自分自身にさえ、広い大きな世界がひらけてくるような気がいたしました。

私も、まだそのころは二十になったばかりで、若い女としての口には言えぬ苦しみも、いろいろあったのでございます。三十通あまりの、その手紙を、まるで谷川が流れ走るような感じで、ぐんぐん読んでいって、去年の秋の、最後の一通の手紙を、読みかけて、思わず立ちあがってしまいました。雷電に打たれたときの気持って、あんなものかもしれませぬ。のけぞるほどに、ぎょっといたしました。妹たちの恋愛は、心だけのものではなかったのです。もっと醜くすすんでいたのでございます。私は、手紙を焼きました。一通のこらず焼きました。M・Tは、その城下まちに住む、まずしい歌人の様子で、卑怯なことには妹の病気を知るとともに、妹を捨て、もうお互い忘れてしまいましょう、など残酷なこと平気でその手紙にも書いてあり、それっきり、一通の手紙も寄こさないらしい具合でございましたから、これは、私さえ黙って一生ひとに語らなければ、妹は、きれいな少女のままで死んでゆける。誰も、ごぞんじないのだ、と私は苦しさを胸一つにおさめて、けれども、その事実を知ってしまってからは、なおのこと妹が可哀そうで、いろいろ奇怪な空想も浮んで、私自身、胸がうずくような、甘酸っぱい、それは、いやな切ない思いで、あのような苦しみは、年ごろの女のひとでなければ、わからない、生《いき》地獄《じごく》でございます。まるで、私が自身で、そんな憂き目に逢ったかのように、私は、ひとりで苦しんでおりました。あのころは、私自身も、ほんとに、少し、おかしかったのでございます。

「姉さん、読んでごらんなさい。なんのことやら、あたしには、ちっともわからない。」

私は、妹の不正直をしんから憎く思いました。

「読んでいいの？」そう小声で尋ねて、妹から手紙を受け取る私の指先は、当惑するほど震えていました。ひらいて読むまでもなく、私は、この手紙の文句を知っております。けれども私は、何くわぬ顔してそれを読まなければいけません。手紙には、こう書かれてあるのです。私は、手紙をろくろく見ずに、声立てて読みました。

――きょうは、あなたにおわびを申し上げます。僕がきょうまで、がまんしてあなたにお手紙差し上げなかったわけは、すべて僕の自信のなさからであります。僕は、貧しく、無能であります。あなたひとりを、どうしてあげることもできないのです。ただ言葉で、その言葉には、みじんも嘘がないのでありますが、ただ言葉で、あなたへの愛の証明をするよりほかには、何ひとつできぬ僕自身の無力が、いやになったのです。あなたを、一日も、いや夢にさえ、忘れたことはないのです。けれども、僕は、あなたを、どうしてあげることもできない。それが、つらさに、僕は、あなたと、おわかれしようと思ったのです。あなたの不幸が大きくなればなるほど、そうして僕の愛情が深くなればなるほど、僕はあなたに近づきにくくなるのです。おわかりでしょうか。僕は、決して、ごまかしを言っているのではありません。僕は、それを僕自身の正義の責任感からと解していました。けれども、それは、僕のまちがい。僕は、はっきり間違っておりました。おわびを申し上げます。僕は、あなたに対して完璧の人間になろうと、我欲を張っていただけのことだったのです。僕たち、さびしく無力なのだから、他になんにもできないのだから、せめて言葉だけでも誠実こめてお贈りするのが、まことの、謙譲の美しい生きかたである、と僕はいまでは信じています。つねに、自身にできる限りの範囲で、それを為し遂げるように努力すべきだと思います。どんなに小さいことでもよい。タンポポの花一輪の贈りものでも、決して恥じずに差し出すのが、最も勇気ある、男らしい態度であると信じます。僕は、もう逃げません。僕は、あなたを愛しています。毎日、毎日、歌をつくってお送りします。それから、毎日、毎日、あなたのお庭の塀のそとで、口笛吹いて、お聞かせしましょう。あしたの晩の六時には、さっそく口笛、軍艦マアチ吹いてあげます。僕の口笛は、うまいですよ。いまのところ、それだけが、僕の力で、わけなくできる奉仕です。お笑いになっては、いけません。いや、お笑いになって下さい。元気でいて下さい。神さまは、きっとどこかで見ています。僕は、それを信じています。あなたも、僕も、ともに神の寵児です。きっと、美しい結婚できます。

待ち待ちて　ことし咲きけり　桃の花　白と聞きつつ　花は紅なり
僕は勉強しています。すべては、うまくいっています。では、また、明日。M・T。

「姉さん、あたし知っているのよ。」妹は、澄んだ声でそう呟き、「ありがとう、姉さん、これ、姉さんが書いたのね。」

私は、あまりの恥ずかしさに、その手紙、千々に引き裂いて、自分の髪をくしゃくしゃ引き毟《むし》ってしまいたく思いました。いても立ってもおられぬ、とはあんな思いを指して言うのでしょう。私が書いたのだ。妹の苦しみを見かねて、私が、これから毎日M・Tの筆蹟を真似て、妹の死ぬる日まで、手紙を書き、下手な和歌を、苦心してつくり、それから晩六時には、こっそり塀の外へ出て、口笛吹こうと思っていたのです。

恥ずかしかった。下手な歌みたいなものまで書いて、恥ずかしゅうございました。身も世も、あらぬ思いで、私は、すぐには返事も、できませんでした。

「姉さん、心配なさらなくても、いいのよ。」妹は、不思議に落ちついて、崇高なくらいに美しく微笑していました。「姉さん、あの緑のリボンで結んであった手紙を見たのでしょう？　あれは、ウソ。あたし、あんまり淋しいから、おととしの秋から、ひとりであんな手紙書いて、あたしに宛てて投函していたの。姉さん、ばかにしないでね。青春というものは、ずいぶん大事なものなのよ。あたし、病気になってから、それが、はっきりわかってきたの。ひとりで、自分あての手紙なんか書いてるなんて、汚い。あさましい。ばかだ。あたしは、ほんとうに男のかたと、大胆に遊べば、よかった。あたしのからだを、しっかり抱いてもらいたかった。姉さん、あたしは今までいちども、恋人どころか、よその男のかたと話してみたこともなかった。姉さんだって、そうなのね。姉さん、あたしたち間違っていた。お利巧すぎた。ああ、死ぬなんて、いやだ。あたしの手が、指先が、髪が、可哀そう。死ぬなんて、いやだ。いやだ。」

　私は、かなしいやら、こわいやら、うれしいやら、はずかしいやら、胸が一ぱいになり、わからなくなってしまいまして、妹の痩せた頬に、私の頬をぴったり押しつけ、ただもう涙が出てきて、そっと妹を抱いてあげました。そのとき、ああ、聞えるのです。低く幽かに、でも、たしかに、軍艦マアチの口笛でございます。妹も、耳をすましました。ああ、時計を見ると六時なのです。私たち、言い知れぬ恐怖に、強く強く抱き合ったまま、身じろぎもせず、そのお庭の葉桜の奥から聞えてくる不思議なマアチに耳をすましておりました。

神さまは、在る。きっと、いる。私は、それを信じました。妹は、それから三日目に死にました。医者は、首をかしげておりました。あまりに静かに、早く息をひきとったからでございましょう。けれども、私は、そのとき驚かなかった。何もかも神さまの、おぼしめしと信じていました。

いまは、――年とって、もろもろの物慾が出てきて、お恥ずかしゅうございます。信仰とやらも少し薄らいでまいったのでございましょうか、あの口笛も、ひょっとしたら、父の仕業《しわざ》ではなかったろうかと、なんだかそんな疑いを持つこともございます。学校のおつとめからお帰りになって、隣りのお部屋で、私たちの話を立聞きして、ふびんに思い、厳酷の父としては一世一代の狂言したのではなかろうか、と思うことも、ございますが、まさかそんなこともないでしょうね。父が在世中ならば、問いただすこともできるのですが、父がなくなって、もう、かれこれ十五年にもなりますものね。いや、やっぱり神さまのお恵みでございましょう。

私は、そう信じて安心しておりたいのでございますけれども、どうも、年とってくると、物慾が起り、信仰も薄らいでまいって、いけないと存じます。

愛と美について

兄妹《きょうだい》、五人あって、みんなロマンスが好きだった。長男は二十九歳。法学士である。ひとに接するとき、少し尊大ぶる悪癖があるけれども、これは彼自身の弱さを庇う鬼の面《めん》であって、まことは弱く、とても優しい。弟妹たちと映画を見にいって、これは駄作だ、愚劣だと言いながら、その映画のさむらいの義理人情にまいって、まず、まっさきに泣いてしまうのは、いつも、この長兄である。それにきまっていた。映画館を出てからは、急に尊大に、むっと不機嫌になって、みちみち一言も口をきかない。生れて、いまだ一度も嘘言《うそ》というものをついたことがないと、躊躇せず公言している。それは、どうかと思われるけれど、しかし、剛直、潔白の一面は、たしかに具有していた。学校の成績は、あまりよくなかった。卒業後は、どこへも勤めず、固く一家を守っている。イプセンを研究している。このごろ人形の家をまた読み返し、重大な発見をして、頗《すこぶ》る興奮した。ノラが、あのとき恋をしていた。お医者のランクに恋をしていたのだ。それを発見した。弟妹たちを呼び集めて、そのところを指摘し、大声叱咤、説明に努力したが、徒労であった。弟妹たちは、どうだか、と首をかしげて、にやにや笑っているだけで、一向に興奮の色を示さぬ。いったいに、弟妹たちは、この兄を甘く見ている。なめている風《ふう》がある。長女は、二十六歳。いまだ嫁がず、鉄道省に通勤している。フランス語が、かなりよくできた。背丈が、五尺三寸あった。すごく、痩せている。弟妹たちに、馬、と呼ばれることがある。髪を短く切って、ロイド眼鏡をかけている。心が派手で、誰とでもすぐ友達になり、一生懸命に奉仕して、捨てられる。それが、趣味である。憂愁、寂寥の感を、ひそかに楽しむのである。けれどもいちど、同じ課に勤務している若い官吏に夢中になり、そうして、やはり捨てられたときには、そのときだけは、流石《さすが》に、しんからげっそりして、間《ま》の悪さもあり、肺が悪くなったと嘘をついて、一週間も寝て、それから頸に繃帯を巻いて、やたらに咳をしながら、お医者に見せに行ったら、レントゲンで精細にしらべられ、稀に見る頑強の肺臓であるといって医者にほめられた。文学鑑賞は、本格的であった。実によく読む。洋の東西を問わない。ちから余って自分でも何やら、こっそり書いている。それは本箱の右の引出しに隠してある。逝去二年後に発表のこと、と書き認《したた》められた紙片が、その蓄積された作品の上に、きちんと載せられてとある。これは、俗物である。からだが弱いのである。二年後が、十年後と書き改められたり、二ヵ月後と書き直されたり、ときには、百年後、となっていたりするのである。次男は、二十四歳。これは、俗物であった。帝大の医学部に在籍。けれども、あまり学校へは行かなかった。からだが弱いのである。これは、ほんものの病人である。おどろくほど、美しい顔をしていた。吝嗇《りんしょく》である。長兄が、ひとにだまされて、モンテエニュの使ったラケットと称する、へんてつもない古ぼけたラケットを五十円に値切って買ってきて、得々《とくとく》としていたときなど、次男は、陰でひとり、余りの痛憤に、大熱を発した。その熱のために、とうとう腎臓をわるくした。ひとを、どんなひとをも、蔑視したがる傾向がある。ひとが何かいうと、けッという奇怪な、からす天狗の笑い声に似た不愉快きわまる笑い声を、はばからず発するのである。ゲエテ一点張りである。これとても、ゲエテの素朴な詩精神に敬服しているのではなく、ゲエテの高位高官に傾倒しているらしい、ふしが、ないでもない。あやしいものである。けれども、兄妹みんなで、即興の詩など、競作する場合には、いつでも一ばんである。できている。俗物だけに、謂わば情熱の客観的把握が、はっきりしている。自身その気で精進《しょうじん》すれば、あるいは一流作家になれるかもしれない。この家の、足のわるい十七の女中に、死ぬほど好かれている。次女は、二十一歳。ナルシッサスである。ある新聞社が、ミス・日本を募っていたとき、あのときには、よほど自己推薦しようかと、三夜身悶えした。大声あげて、わめき散らしたかった。けれども、三夜の身悶えの果、自分の身長が足りないことに気がつき、断念した。兄妹のうちで、ひとり目立って小さかった。四尺七寸である。けれども、決して、みっともないものではなかった。なかなかである。深夜、裸形で鏡に向い、にっと可愛く微笑してみたり、ふっくらした白い両足を、ヘチマコロンで洗って、その指先にそっと自身で接吻して、うっとり眼をつぶってみたり、いちど、鼻の先に、針で突いたような小さい吹出物して、憂鬱のあまり、自殺を計ったことがある。読書の撰定に特色がある。明治初年の、佳人之奇遇、経国美談などを、古本屋から捜してきて、ひとりで、くすくす笑いながら読んでいる。黒岩涙香、森田思軒などの、翻訳物をも、好んで読む。どこから手に入れてくるのか、名の知れぬ同人雑誌をたくさん集めて、面白いなあ、うまいなあ、と真顔で呟きながら、端から端まで、たんねんに読破している。ほんとうは、鏡花をひそかに、最も愛読していた。末弟は十八歳である。ことし一高の、理科甲類に入学したばかりである。高等学校へはいってから、かれの態度が俄然かわった。兄たち、姉たちには、それがおかしくてならない。けれども末弟は、大まじめである。家庭内のどんなささやかな紛争にでも、必ず末弟は、ぬっと顔を出し、たのまれもせぬのに思案深げに審判を下して、これには、母をはじめ一家中、閉口している。いきおい末弟は、一家中から敬遠の形である。末弟には、それが不満でならない。長女は、かれのぷっとふくれた不機嫌の顔を見かねて、ひとりでは大人《おとな》になった気でいても、誰も大人と見ぬぞかなしき、という和歌を一首つくって末弟に与え、かれの在野遺賢の無聊《ぶりょう》をなぐさめてやった。顔が熊の子のようで、愛くるしいので、きょうだいたちが、何かとかれにかまいすぎて、それがために、かれは多少おっちょこちょいのところがある。探偵小説を好む。ときどきひとり部屋の中で、変装してみたりなどしている。語学の勉強と称して、和文対訳のドイルのものを買ってきて、和文のところばかり読んでいる。きょうだいの中で、母のことを心配しているのは自分だけだと、ひそかに悲壮の感に打たれている。

父は、五年まえに死んでいる。けれども、くらしの不安はない。要するに、いい家庭だ。ときどき皆、一様におそろしく退屈することがあるので、これには閉口である。きょうは、曇天、日曜である。セルの季節で、この陰鬱の梅雨が過ぎると、夏がやってくるのである。みんな客間に集まって、母は、林檎の果汁をこしらえて、五人の子供に飲ませている。末弟ひとり、特別に大きいコップで飲んでいる。

退屈したときには、皆で、物語の連作をはじめるのが、この家のならわしである。たまには母も、そのお仲間入りすることがある。

「何か、ないかねえ。」長兄は、尊大に、あたりを見まわす。「きょうは、ちょっと、ふうがわりの主人公を出してみたいのだが。」

「老人がいいな。」次女は、卓の上に頬杖ついて、それも人さし指《ゆび》一本で片頬を支えているという、どうにも気障《きざ》な形で、「ゆうべ私は、つくづく考えてみたのだけれど、」なに、たったいま、ふと思いついただけのことなのである。「人間のうちで、一ばんロマンチックな種属は老人である、ということがわかったの。老婆は、だめ。おじいさんでなくちゃ、だめ。おじいさんが、こう、縁側にじっとして坐っていると、もう、それだけで、ロマンチックじゃないの。素晴らしいわ。」

「老人か。」長兄は、ちょっと考える振りをして、「よし、それにしよう。なるべく、甘い愛情ゆたかな、綺麗な物語がいいな。こないだのガリヴァ後日物語は、少し陰惨すぎた。僕は、このごろまた、ブランドを読み返しているのだが、どうも肩が凝る。むずかしすぎる。」率直に白状してしまった。

「僕にやらせて下さい。僕に。」ろくろく考えもせず、すぐに大声あげて名乗り出たのは末弟である。がぶがぶ大コップの果汁を飲んで、やおら御意見開陳。「僕は、僕は、こう思いますねえ。」いやに、老成ぶった口調だったので、みんな苦笑した。次兄も、れいのけッという怪しい笑声を発した。末弟は、ぷうっとふくれて、

「僕は、そのおじいさんは、きっと大数学者じゃないか、と思うのです。きっと、そう

だ。偉い数学者なんだ。もちろん博士さ。世界的なんだ。いまは、数学が急激に、どんどん変っているときなんだ。過渡期が、はじまっている。世界大戦の終りごろ、一九二〇年ごろから今日まで、約十年の間にそれは、起りつつある。」きのう学校で聞いてきたばかりの議義をそのまま口真似してはじめるのだから、たまったものでない。「数学の歴史も、振りかえってみれば、いろいろ時代と共に変遷してきたことは確かです。まず、最初の階段は、微積分学の発見時代に相当する。それからがギリシャ伝来の数学に対する広い意味の近代的数学であります。こうして新しい領分が開けたわけですから、その開けた直後は高まるというよりもむしろ広まる時代、拡張の時代です。それが十八世紀の数学であります。十九世紀に移るあたりに、やはりかかる階段があります。すなわち、この時も急激に変った時代です。一人の代表者を選ぶならば、例えばGauss. g、a、u、s sです。急激に、どんどん変化している時代を過渡期というならば、現代などは、まさに大過渡期であります。」てんで、物語にもなんにもなってやしない。それでも末弟は、得意である。調子が出てきた、と内心ほくほくしている。「やたらに煩瑣《はんさ》で、そうして定理ばかり氾濫して、いままでの数学は、完全に行きづまっている。一つの暗記物に堕してしまった。このとき、数学の自由性を叫んで敢然立ったのは、いまのその、おじいさんの博士であります。えらいやつなんだ。もし探偵にでもなったら、どんな奇怪な難事件でも、ちょっと現場を一まわりして、たちまちぽんと、解決してしまうにちがいない。そんな頭のいい、おじいさんなのだ。とにかく、Cantor の言うたように、」また、はじまった。「数学の本質は、その自由性にある。たしかに、そうだ。自由性とは、Freiheit の訳です。日本語では、自由という言葉は、はじめ政治的の意味に使われたのだそうですから、Freiheit の本来の意味と、しっくり合わないかもしれない。Freiheit とは、とらわれない、拘束されない、素朴のものを指していうのです。Frei でない例は、卑近な所にたくさんあるが、多すぎてかえって挙げにくい。たとえば、僕のうちの電話番号はご存じの通り 4823 ですが、この三桁《けた》と四桁《けた》の間に、コンマをいれて、4,823 と書いている。巴里のように 48－23 とすれば、まだしも少しわかりよいのに、何でもかでも三桁《けた》おきにコンマを附けなければならぬ、というのは、これはすでに一つの囚《とらわ》れであります。老博士はこのようなすべての陋習《ろうしゅう》を打破しようと、努めているのであります。えらいものだ。真なるもののみが愛すべきものである、とポアンカレが言っている。然り。真なるものを、簡潔に、直接とらえ来《きた》ったならば、それでよい。それに越したことがない。」もう、物語も何もあったものではない。きょうだいたちも、流石《さすが》に顔を見合せて、閉口している。末弟は、さらにがくがくの論を続ける。「空論をお話して一向とりとめがないけれど、それは恐縮でありますが、ちょうどこのごろ解析概論をやっているので、ちょっと覚えているのですが、一つの例として級数についてお話したい。二重もしくは、二重以上の無限級数の定義には、二種類あるのではないか、と思われる。図を書いてお目にかけると、よくわかるのですが、謂わば、フランス式とドイツ式と二つある。結果は同じようなことになるのだが、フランス式のほうは、すべて人に納得のゆくように、いかにも合理的な立場である。けれども、いまの解析の本すべてが、不思議に、言い合せたように、平気でドイツ式一方である。伝統というものは、何か宗教心をさえ起させるらしい。数学界にも、そろそろこの宗教心がはいりこんできている。これは、絶対に排撃しなければならない。老博士は、この伝統の打破に立ったわけであります。」意気いよいよあがった。みんなは、一向に面白くない。末弟ひとり、まさにその老博士のごとくふるいたって、さらにがくがくの論をつづける。「このごろでは、解析学の始めに集合論を述べる習慣があります。これについても、不審があります。たとえば、絶対収斂の場合、昔は順序に無関係に和が定るという意味に用いられていました。それに対して条件的という語がある。今では、絶対値の級数が収斂する意味に使うのです。級数が収斂し、絶対値の級数が収斂しないときには項の順序をかえて、任意の limit に tend させることができるということから、絶対値の級数が収斂しなければならぬということになるから、それでいいわけだ。」少し、あやしくなってきた。心細い。ああ、僕の部屋の机の上に、高木先生の、あの本が載せてあるんだがなあ、と思っても、いまさら、それを取りに行ってくるわけにもゆくまい。あの本には、なんでも皆、書かれてあるんだけれど、いまは泣きたくなって、舌もつれ、胴ふるえて、悲鳴に似たかん高い声を挙げ、

「要するに。」きょうだいたちは、みな一様にうつむいて、くすと笑った。

「要するに、」こんどは、ほとんど泣き声である。「伝統、ということになりまするとよほどのあやまちも、気がつかずに見逃してしまうが、問題は、微細なところにたくさんあるのです。もっと自由な立場で、極く初等的な万人むきの解析概論の出ることを、切に、希望している次第《しだい》であります。」めちゃめちゃである。これで末弟の物語は、終ったのである。

座が少し白けたほどである。どうにも、話の、つぎほがなかった。皆、まじめになってしまった。長女は思いやりの深い子であるから、末弟のこの失敗を救済すべく、噴き出したいのを我慢して、気を押し沈め、しずかに語った。

「ただいまお話ございましたように、その老博士は、たいへん高邁《こうまい》なお志を持っておられます。高邁のお志には、いつも逆境がつきまといます。これは、もう、絶対に正確の定理のようでございます。老博士も、やはり世に容れられず、奇人よ、変人よ、と近所

のひとたちに言われて、ときどきは、流石に侘びしく、今夜もひとり、ステッキ持って新宿へ散歩に出ました。夏のころの、これは、お話でございます。新宿は、たいへんな人出《ひとで》でございます。博士は、よれよれの浴衣に、帯を胸高《むなだか》にしめ、そうして帯の結び目を長くうしろに、垂れさげて、まるで鼠の尻尾《しっぽ》のよう、いかにもお気の毒の風采でございます。それに博士は、ひどい汗かきなのに、今夜は、ハンケチを忘れて出てきたので、いっそう惨めなことになりました。はじめは掌《てのひら》で、お顔の汗を拭い払っておりましたが、とてもそんなことで間に合うような汗ではございませぬ。それこそ、まるで滝のよう、額から流れ落ちる汗は、一方は鼻筋を伝い、一方はこめかみを伝い、ざあざあ顔中を洗いつくして、そうしてみんな顎を伝って胸に滑り込み、その気持のわるさったら、ちょうど油壺一ぱいの椿油を頭からどろどろ浴びせかけられる思いで、老博士も、これには参ってしまいました。とうとう浴衣の袖で、素早く顔の汗を拭い、また少し歩いては、人に見つからぬよう、さっと袖で拭い拭いしているうちに、もう、その両袖ながら、夕立に打たれたように、びしょ濡れになってしまいました。博士は、もともと無頓着なお方でございましたけれども、このおびただしい汗には困惑しちゃいまして、ついに一軒のビヤホールに逃げ込むことにいたしました。ビヤホールにはいって、扇風器のなまぬるい風に吹かれていたら、それでも少し、汗が収りました。ビヤホールのラジオは、そのとき、大声で時局講話をやっていました。ふと、その声に耳をすまして考えてみると、どうも、これは聞き覚えのある声でございます。あいつではないかな？　と思っていたら、果して、その講話のおわりにアナウンサアが、その、あいつの名前を、閣下という尊称を附して報告いたしました。老博士は、耳を洗いすすぎたい気持になりました。その、あいつというのは、博士と高等学校、大学、ともにともに、机を並べて勉強してきた男なのですが、何かにつけて要領よく、いまは文部省の、立派な地位にいて、ときどき博士も、その、あいつと、同窓会などで顔を合せることがございまして、そのたびごとに、あいつは、博士を無用に嘲弄《ちょうろう》するのでございます。気のきかない、げびた、ちっともなっていない陳腐《ちんぷ》な駄洒落を連発して、取り巻きのものもまた、おかしくもないのに、手を拍《う》たんばかりに、そのあいつの一言一言に笑い興じて、いちどは博士も、席を蹴って憤然と立ちあがりましたが、そのとき、卓上から床にころげ落ちてあった一箇の蜜柑をぐしゃと踏みつぶして、おどろきの余り、ひッという貧乏くさい悲鳴を挙げたので、満座抱腹絶倒《ほうふくぜっとう》して、博士のせっかくの正義の怒りも、悲しい結果になりました。けれども、博士は、あきらめません。いつかは、あいつを、ぶんなぐるつもりでおります。そいつの、いやな、だみ声を、たったいまラジオで聞いて、博士は、不愉快でたまりませぬ。ビイルを、がぶ、がぶ、飲みました。もともと博士は、お酒には、あまり強いほうではございません。たちまち酩酊いたしました。辻占売の女の子が、ビヤホールにはいってきました。博士は、これ、これ、と小さい声で、やさしく呼んで、おまえ、としはいくつだい？　十三か。そうか。すると、もう五年、いや、四年、いや三年たてば、およめに行けますよ。いいかね。十三に三を足せば、いくつだ。え？　などと、数学博士も、酔うと、いくらかいやらしくなります。少し、しつこく女の子を、からかいすぎたので、とうとう博士は、女の子の辻占を買わなければいけない仕儀にたちいたりました。博士は、もともと迷信を信じません。けれども今夜は、先刻のラジオのせいもあり、気が弱っているところもございましたので、ふいとその辻占で、自分の研究、運命の行く末をためしてみたくなりました。人は、生活に破れかけてくると、どうしても何かの予言に、すがりつきたくなるものでございます。悲しいことでございます。その辻占は、あぶり出し式になっております。博士はマッチの火で、とろとろ辻占の紙を焙《あぶ》り、酔眼をくわっと見ひらいて、注視しますと、はじめは、なんだか模様のようで、心もとなく思われましたが、そのうちに、だんだん明確に、古風な字体の、ひら仮名が、ありありと紙に現われました。読んでみます。

おのぞみどおり

博士は莞爾と笑いました。いいえ、莞爾どころではございませぬ。博士ほどのお方が、えへへへと、それは下品な笑い声を発して、ぐっと頸を伸ばしてあたりの酔客を見廻しましたが、酔客たちは、格別相手になってはくれませぬ。それでも博士は、意に介しなさることなく、酔客ひとりひとりに、はは、おのぞみどおり、へへへへ、すみません、ほほほなぞと、それは複雑な笑い声を、若々しく笑いわけ、撒きちらして皆に挨拶いたし、いまは全く自信を恢復なされて、悠々とそのビヤホールをお出《で》ましになりました。

外はぞろぞろ人の流れ、たいへんでございます。押し合い、へし合い、みんな一様に汗ばんで、それでもすまして、歩いています。歩いていても、何ひとつ、これという目的はないのでございますが、けれども、みなさん、その日常が侘びしいから、何やら、ひそかな期待を抱懐していらして、そうして、すまして夜の新宿を歩いてみるのでございます。いくら、新宿の街を行きつ戻りつ歩いてみても、いいことは、ございませぬ。それは、もうきまっております。けれども幸福は、それをほのかに期待できるだけでも、それは幸福なのでございます。いまのこの世の中では、そう思わなければ、なりませぬ。老博士は、ビヤホールの廻転ドアから、くるりと排出され、よろめき、その都会の侘びしい旅雁の列に身を投じ、たちまち、もまれ押されて、泳ぐような恰好で旅雁と共に流れて行きます。けれども、今夜の老博士は、この新宿の大群集の中で、おそらくは一ばん自信のある人物なのでございます。幸福をつかむ確率が最も大きいのでございます。

博士はときどき、思い出しては、にやにや笑い、また、ひとり、ひそかにこっくり首肯して、もっともらしく眉を上げて屹《き》っとなってみたり、あるいは全くの不良少年のように、ひゅうひゅう下手な口笛をこころみたりなどして歩いているうちに、どしんと、博士にぶつかった学生があります。けれども、それは、あたりまえです。こんな人ごみでは、ぶつかるのがあたりまえでございます。なんということもございません。学生は、そのまま通りすぎて行きます。しばらくして、また、どしんと博士にぶつかった美しい令嬢があります。けれども、これもあたりまえです。こんな混雑では、ぶつかるのは、あたりまえのことでございます。なんということも、ございませぬ。令嬢は、通りすぎて行きます。幸福は、まだまだ、おあずけでございます。変化は、背後から、やってきました。とんとん、博士の背中を軽く叩いたひとがございます。こんどは、ほんとう。」

長女は伏目がちに、そこまで語って、それからあわてて眼鏡をはずし、ハンケチで眼鏡の玉をせっせと拭きはじめた。これは、長女の多少てれくさい思いのときに、きっとはじめる習癖である。

次男がつづけた。

「どうも、僕には、描写が、うまくできんので、――いや、できんこともないが、きょうは、少しめんどうくさい。簡潔にやってしまいましょう。」生意気である。「博士が、うしろを振りむくと、四十ちかい、ふとったマダムが立っております。いかにも奇妙な顔の、小さい犬を一匹だいている。

ふたりは、こんな話をした。

——御幸福?

——ああ、仕合せだ。おまえがいなくなってから、すべてが、よろしく、すべてが、つまり、おのぞみどおりだ。

——ちえっ、若いのをおもらいになったんでしょう?

——わるいかね。

——ええ、わるいわ。あたしが犬の道楽さえ、よしたら、いつでも、また、あなたのところへ帰っていいって、そうちゃんと約束があったじゃないの。

——よしてやしないじゃないか。なんだ、こんどの犬は、またひどいじゃないか。これは、ひどいね。蛹《さなぎ》でも食って生きているような感じだ。妖怪じみている。ああ、胸がわるい。

——そんなにわざわざ蒼い顔して見せなくたっていいのよ。ねえ、プロや。おまえの悪口言ってるのよ。吠えて、おやり。わん、と言って吠えておやり。

——よせ、よせ。おまえは、相変らず厭味な女だ。おまえと話をしていると、私は、いつでも背筋が寒い。プロ。なにがプロだ。も少し気のきいた名前を、つけんかね。無智だ。たまらん。

——いいじゃないの。プロフェッサアのプロよ。あなたを、おしたい申しているのよ。いじらしいじゃないの。

——たまらん。

——おや、おや。やっぱり、お汗が多いのねえ。あら、お袖なんかで拭いちゃ、みっともないわよ。ハンケチないの？　こんどの奥さん、気がきかないのね。夏の外出には、ハンケチ三枚と、扇子《せんす》、あたしは、いちどだってそれを忘れたことがない。

——神聖な家庭に、けちをつけちゃ困るね。不愉快だ。

——おそれいります。ほら、ハンケチ、あげるわよ。

——ありがとう。借りておきます。

——すっかり、他人におなりなすったのねえ。

——別れたら、他人だ。このハンケチ、やっぱり昔のままの、いや、犬のにおいがするね。

——まけおしみ言わなくっていいの。思い出すでしょう？　どう？

——くだらんことを言うな。たしなみのない女だ。

――あら、どっちが？　やっぱり、こんどの奥さんにも、あんなに子供みたいに甘えかかっていらっしゃるの？　およしなさいよ、いいとしをして、みっともない。きらわれますよ。朝、寝たまま足袋をはかせてもらったりして。

――神聖な家庭に、けちをつけちゃ、こまるね。私は、いま、仕合せなんだからね。すべてが、うまくいっている。

――そうして、やっぱり、朝はスウプ？　卵を一つ入れるの？　二つ入れるの？

――二つだ。三つのときもある。すべて、おまえのときより、豊富だ。どうも、私は、いまになって考えてみるに、おまえほど口やかましい女は、世の中に、そんなにないような気がする。おまえは、どうして私を、あんなにひどく叱ったのだろう。私は、わが家にいながら、まるで居候《いそうろう》の気持だった。三杯目には、そっと出していた。それは、たしかだ。私は、あのじぶんには、ずいぶん重大な研究に着手していたんだぜ。おまえには、そんなこと、ちっともわかってやしない。ただ、もう、私のチョッキのボタンがどうのこうの煙草の吸殻がどうのこうの、そんなこと、朝から晩まで、がみがみ言って、おかげで私は、研究も何も、めちゃめちゃだ。おまえとわかれて、たちどころに私は、チョッキのボタンを全部、むしり取ってしまって、それから煙草の吸殻を、かたっぱしから、ぽんぽんコーヒー茶碗にほうりこんでやった。あれは、愉快だった。実に、痛快であった。ひとりで、涙の出るほど、大笑いした。私は、考えれば、考えるほど、おまえには、ひどいめにあっていたのだ。あとから、あとから、腹が立つ。いまでも、私は、充分に怒っている。おまえは、いったいに、ひとをいたわることを知らない女だ。

――すみません。あたし、若かったのよ。かんにんしてね。もう、もう、あたし、判ったわ。犬なんか、問題じゃなかったのね。

――また、泣く。おまえは、いつでも、その手を用いた。だが、もう、だめさ。私は、いま、万事が、おのぞみどおりなのだからね。どこかで、お茶でも飲むか。

――だめ。あたし、いま、はっきり、わかったわ。あなたと、あたしは、他人なのね。いいえ、むかしから他人なのよ。心の住んでいる世界が、千里も万里も、はなれていたのよ。一緒にいたって、お互い不幸の思いをするだけよ。もう、きれいにおわかれしたいの。あたし、ね、ちかく神聖な家庭を持つのよ。

――うまくいきそうかね。

――大丈夫。そのかたは、ね、職工さんよ。職工長。そのかたがいなければ、工場の機械が動かないんですって。大きい、山みたいな感じの、しっかりした方《かた》。

――私とは、ちがうね。

――ええ、学問はないの。研究なんか、なさらないわ。けれども、なかなか、腕がいいの。

——うまくいくだろう。さようなら。ハンケチ借りておくよ。

——さようなら。あ、帯がほどけそうよ。むすんであげましょう。ほんとうに、いつまでも、いつまでも、世話を焼かせて。……奥さんに、よろしくね。

——うん。機会があれば、ね。」

次男は、ふっと口をつぐんだ。そうして、けッと自嘲した。二十四歳にしては、流石に着想が大人《おとな》びている。

「あたし、もう、結末が、わかっちゃった。」次女は、したり顔して、あとを引きとる。「それは、きっと、こうなのよ。博士が、そのマダムとわかれてから、沛然《はいぜん》と夕立ち。どうりで、むしむし暑かった。散歩の人たちは、蜘蛛の子を散らすように、ぱあっと飛び散り、どこへどう消え失せたのか、お化けみたい、たったいままで、あんなにたくさん人がいたのに、須臾《しゆゆ》にして、巷は閑散、新宿の舗道には、雨あしだけが白くしぶいております。博士は、花屋さんの軒下に、肩をすくめて小さくなって雨宿りしています。ときどき、先刻のハンケチを取り出して、ちょっと見て、また、あわてて、袂にしまいこみます。ふと、花を買おうか、と思います。お宅で待っていらっしゃる奥さんへ、お土産に持っていけば、きっと、奥さんが、よろこんでくれるだろうと思いました。博士が、花を買うなど、これは、全く、生れてはじめてのことでございます。今夜は、ちょっと調子が変なの。ラジオ、辻占、先夫人、犬、ハンケチ、いろいろのことがございました。博士は、花屋へ、たいへんな決意をもって突入して、それから、まごつき、まごつき、大汗かいて、それでも、薔薇の大輪、三本買いました。ずいぶん高いのには、おどろきました。逃げるようにして花屋から躍り出て、それから、円タク拾って、お宅へ、まっしぐら。郊外の博士のお宅には、電燈が、あかあかと灯っております。たのしいわが家《や》。いつも、あたたかく、博士をいたわり、すべてが、うまくいっております。玄関へ入るなり、

――ただいま！　と大きい声で言って、たいへんなお元気です。家の中は、しんとしております。それでも、博士は、委細かまわず、花束持って、どんどん部屋へ上っていって、奥の六畳の書斎へはいり、

――ただいま。雨にやられて、困ったよ。どうです。薔薇の花です。すべてが、おのぞみどおりいくそうです。

机の上に飾られて在る写真に向って、話かけているのです。先刻、きれいにわかれたばかりのマダムの写真でございます。いいえ、でも、いまより十年わかいときの写真でございます。美しく微笑んでいました。」まず、ざっと、こんなものだ、と言わぬばか

りに、ナルシッサスは、再び、人さし指《ゆび》で気障な頰杖をやらかして、満座をきょろと眺め渡した。

「うん。だいたい、」長兄は、もったいぶって、「そんなところで、よろしかろう。けれども、――」長兄は、長兄としての威厳を保っていなければならぬ。長兄は、弟妹たちに較べて、あまり空想力は、豊富でなかった。物語は、いたって下手くそである。才能が、貧弱なのである。けれども、長兄は、それ故に、弟妹たちから、あなどられるのも心外でならぬ。必ず、最後に、何か一言、蛇足を加える。「けれども、だね、君たちは、一つの重要な点を、語り落している。それは、その博士の、容貌についてである。」たいしたことでもなかった。「物語には容貌が、重大である。容貌を語ることによって、その主人公に肉体感を与え、また聞き手に、その近親の誰かの顔を思い出させ、物語全体に、インチメートな、ひとごとでない思いを抱かせることができるものです。僕の考えるところによれば、その老博士は、身長五尺二寸、体重十三貫弱、たいへんな小男である。容貌について言うなれば、額は広く高く、眉は薄く、鼻は小さく、口が大きくひきしまり、眉間に皺、白い頰ひげは、ふさふさと伸び、銀ぶちの老眼鏡をかけ、まず、丸顔である。」なんのことはない、長兄の尊敬しているイプセン先生の顔である。長兄の想像力は、このように他愛がない。やはり、蛇足の感があった。

これで物語が、すんだのであるが、すんだ、とたんに、また、かれらは、一層すごく、退屈した。ひとつの、ささやかな興奮のあとにくる、倦怠、荒涼、やりきれない思いである。兄妹五人、一ことでも、ものを言い出せば、すぐに殴り合いでもはじまりそうな、険悪な気まずさに、閉口し切った。

母は、ひとり離れて坐って、兄妹五人の、それぞれの性格のあらわれている語りかたを、始終にこにこ微笑んで、たのしみ、うっとりしていたのであるが、このとき、そっと立って障子をあけ、はっと顔色かえて、

「おや。」家の門のところに、フロック着たへんなおじいさんが立っています。」

兄妹五人、ぎょっとして立ち上った。

母は、ひとり笑い崩れた。

誰も知らぬ

誰も知ってはいないのですが、――と四十一歳の安井夫人は少し笑って物語る。――おかしなことがございました。もう二十三歳の春のことでありますから、もう、かれこれ二十年も昔の話でございます。私が二十三歳の春のことでございました。大震災のちょっと前のことでございました。あの頃も、今も、牛込のこの辺は、あまり変っておりませぬ。おもて通りが少し広くなって、私の家の庭も半分ほど削り取られて道路にされてしまいました。池があったのですが、それも潰されてしまって、変ったと言えば、まあそれくらいのもので、今でも、やはり二階の縁側からは、真直《まっすぐ》に富士が見えますし、兵隊さんの喇叭《らっぱ》も朝夕聞えてまいります。父が長崎の県知事をしていたときに、招かれてこちらの区長に就任したのでございますが、それは、ちょうど私が十二の夏のことで、母も、その頃は存命中でありました。父は、東京の、この牛込の生れで、祖父は陸中盛岡の人であります。祖父は、若いときに一人でふらりと東京に出て来て半分政治家、半分商人のような何だか危かしいことをやって、まあ、紳商とでもいうのでしょうか、それでも、どうやら成功して、中年で牛込のこの屋敷を買い入れ、落ちつくことができたようです。嘘か、ほんとか、わかりませんけれど、ずっと以前、東京駅で御災厄にお遭いなされた原敬とは同郷で、しかも祖父のほうが年輩からいっても、また政治の経歴からいっても、はるかに先輩だったので、祖父は何かと原敬に指図《さしず》をすることができて、原敬のほうでも、毎年お正月には、大臣になられてからでさえ、牛込のこの家に年始の挨拶に立ち寄られたものだそうですが、これは、あまりあてになりません。なぜって、祖父が私に、そう言って教えたのは、私が、十二の時、父母と一緒にはじめて東京の、この家に帰り、祖父は、それまで一人牛込に残って暮していたのですが、もう、八十すぎの汚いおじいさんになっていて、私はまた、それまでお役人の父が浦和、神戸、和歌山、長崎と任地を転々と渡り歩いているのについて歩いて、生れたところも浦和の官舎ですし、東京の家へ遊びにきたことも、ほんの数えるほどしかありませんでしたから、祖父には馴染が薄くて、十二のとき、この家にはじめて落ちつき、祖父と一緒に暮すようになってからも、なんだか他人のような気がして、きたならしく、それに祖父の言葉には、とても強い東北訛がありましたので、何をおっしゃっているのか、よくわからず、いよいよ親しみが減殺されてしまうのでした。

私が祖父に、ちっともなつかないので、祖父は手を換え品を変え私の機嫌をとったものでした。れいの原敬の話も、夏の夜お庭の涼み台に大あぐらをかいて坐って、こんな工合に肘を張って、団扇《うちわ》を使いながら私に聞かせて下さったのですが、私は、すぐに退屈して、わざと大袈裟にあくびをしたら、祖父は、ちらとそれを横目で見て、急に語調を変えて、原敬は面白くなし、よし、それでは牛込七不思議、昔な、などと声をひそめて語り出すのでした。なんだか、ずるい感じのおじいさんでした。原敬の話だって、あてにならないと思います。あとで父にそのことを聞いたら、父は、ほろにがく笑って、いちどくらいは、この家へ来たかもしれません、おじいさんは嘘を言いません、と優しく教えて私の頭を撫でて下さいました。祖父は、私が十六のときになくなりました。好きでないおじいさんだったのですが、でも、私はお葬式の日には、ずいぶん泣きました。お葬式があんまり華麗すぎたので、それで、興奮して泣いちゃったのかもしれません。お葬式の翌る日、学校へ出たら、先生がたも、みんな私にお悔みを言って下さって、私はその都度、泣きました。お友達からも、意外のほどに同情され、私はおどおどしてしまいました。市ヶ谷の女学校に徒歩で通っていたのですが、あのころは、私は小さい女王のようで、ぶんに過ぎるほどに仕合せでございました。父が四十で浦和の学務部長をしていたときに私が生れて、あとにも先にも、子供といえば私ひとりだったので、父にも母にも、また周囲の者たちにも、ずいぶん大事にされました。自分では、気の弱い淋しがりの不憫《ふびん》の子のつもりでいたのですが、いま考えてみると、やはり、わがままの高慢な子であったようでございます。市ヶ谷の女学校へはいってすぐ、芹川《せりかわ》さんというお友達ができましたけれど、その当時はそれでも、芹川さんに優しく叮嚀につき合っているつもりでいたのですが、これも、いま考えてみると、やっぱり私は、ひどく思いあがって、めんどうくさいけれど親切にしてあげるというような態度も、はたから見るとあったかもしれません。芹川さんもまた、ずいぶん素直に、私の言うこと全部を支持して下さるので、すっかり主人と家来みたいな形になってしまうのでした。芹川さんのお家は、私の家の、すぐ向いで、ご存じでしょうかしら、華月堂というお菓子屋がございましたでしょう、ええ、いまでも昔のまま繁昌しております、いざよい最中《もなか》といって、栗のはいった餡の最《も》中《なか》を、昔から自慢にいたして売っております。いまはもう代《だい》がかわって芹川さんのお兄さんが、当主となって朝から晩まで一生懸命に働いております。おかみさんも、なかなかの働き者らしく、いつも帳場に坐って電話の注文を伺っては、てきぱき小僧さんたちに用事を言いつけております。私とお友達だった芹川さんは、女学校を出て三年目に、もういい人を見つけてお嫁に行ってしまいました。いまは何でも朝鮮の京城とやらにおられるようでございます。もう、二十年ちかくも逢いません。旦那さまは、三田の義塾を出て綺麗なおかたでして、いま朝鮮の京城で、なんとかいうかなり大きな新聞社を経営しておられるとかいう話でございます。芹川さんと私とは、女学校を出てからも、交際をつづけておりましたが、交際といっても、私のほうから芹川さんのお家へ遊びに行ったことは一度もなく、いつも芹川さんのほうから私を訪ねてきて、話題は、たいてい小説のことでございました。芹川さんは、学校にいた頃から漱石や蘆花のものを愛読していて、作文などもなかなか大人びてお上手でしたが、私は、その方面は、さっぱりだめでございました。ちっとも興味を持てなかったのです。それでも、学校を出てからは、芹川さんのちょいちょい持ってきて下さる小説本を、退屈まぎれに借りて読んでいるうちに、少しは小説の面白さも、わかってきたようでした。けれども、私の面白いと思った本は、芹川さんは余り、いいとはおっしゃらず、芹川さんのいいとおっしゃる本は、私には、意味がよくわかりませんでした。私は鷗外の歴史小説が好きでしたけれど、芹川さんは、私を古くさいと言って笑って、鷗外よりは有島武郎のほうが、ずっと深刻だと私に数えて、そのおかたの本を、二三冊持ってきて下さいましたけれど、私が読んでも、ちっともわかりませんでした。いま読むと、またちがった感じを受けるかもしれませんけれども、どうもあの有島というかたのは、どうでもいいような、議論ばかり多くて、私には面白くございませんでした。私は、きっと俗人なのでございましょう。そのころの新進作家には、武者小路とか、志賀とか、それから谷崎潤一郎、菊池寛、芥川とか、たくさんございましたが、私は、その中では志賀直哉と菊池寛の短篇小説が好きで、そのことでもまた芹川さんに、思想が貧弱だとか何とか言われて笑われましたけれど、私には余り理窟の多い作品は、だめでございました。芹川さんは、おいでになるたびごとに何か新刊の雑誌やら、小説集やらを持ってこられて、いろいろと私に小説の筋書や、また作家たちの噂話を聞かせて下さるのですが、どうも余り熱中しているので、おかしいと思っておりましたところが、ある日とうとう芹川さんは、その熱中の原因らしいものを私に発見されてしまいました。女の友達というものは、ちょっとでも親しくなると、すぐにアルバムを見せ合うものでございますが、いつか、芹川さんは大きな写真帖を持ってきて、私に見せて下さいましたけれど、私は芹川さんの、うるさいほど叮嚀な説明を、いい加減に合槌打って拝聴しながら一枚一枚見ていって、そのうちに、とても綺麗な学生さんが、薔薇の花園の背景の前に、本を持って立っている写真がありましたので、私はおや綺麗なおかたねえ、と思わず言ってしまって、なぜだか顔が熱くなりました。すると芹川さんは、いきなり、いやっと言って私からアルバムをひったくってしまったので、私には、すぐははあと、気がつきました。いいの、もう拝見してしまったから、と私が落ちついて言うと、芹川さんは急に嬉しそうに、にこにこ笑い出して、わかったの？　油断ならないわね、ほんとう？　見て、すぐわかったの？　もうね、女学校時代からなのよ、ご存じだったのね、などとひとりで口早に言い始めて、私が何も知ってやしないのに、洗いざらい、みんな話して下さいました。ほんとうに、素直な、罪のないおかたでした。その写真の綺麗な学生さんは芹川さんと、何とかいう投書雑誌の愛読者通信欄とでも申しましょうか、そんなところがあるでしょう？　その通信欄で言葉を交し、謂わば、まあ共鳴し合ったというのでしょうか、俗人の私にはわかりませんけれど、そんなことから、次第に直接に文通するようになり、女学校を卒業してからは、急速に芹川さんの気持もすすんで、何だか、ふたりで、きめてしまったのだそうです。先方は、横浜の船会社の御次男だとか、慶應の秀才で、末は立派な作家になるでしょうとか、いろいろ芹川さんから教えていただきましたけれど、私には、ひどく恐ろしいことみたいで、また、きたならしいような気さえいたしました。一方、芹川さんをねたましくて、胸が濁ってときめきいたしましたが、努めて顔にあらわさず、いいお話ね、芹川さんしっかりおやりなさい、と申しましたら、芹川さんは敏感にむっとふくれて、あなたは意地悪ね、胸に短剣を秘めていらっしゃる、いつもあなたは、あたしを冷く軽蔑していらっしゃる、ダイヤナね、あなたは、といつになく強く私を攻めますので私も、ごめんなさい、軽蔑なんかしてやしないわ、冷く見えるのは私の損な性分《しょうぶん》ね、いつでも人から誤解されるの、私ほんとうは、あなたたちのことなんだか恐ろしいの、相手のおかたが、あんまり綺麗すぎるわ、あなたを、うらやんでいるのかもしれないのね、と思っていることをそのまま申し述べましたら、芹川さんも晴れ晴れと御機嫌を直して、そこなのよ、あたし、家の兄さんにだけは、このことを打ち明けてあるのだけれど、兄さんも、やっぱりあなたと同じようなことを言って、絶対反対なの、もっと地《じ》みちな、あたりまえの結婚をしろって言うのよ、もっとも兄さんは徹底した現実家だから、そう言うのも無理はないけれど、でも、あたし兄さんの反対なんか気にしていないの、来年の春、あの人が学校を卒業したら、あたしたちだけでちゃんときめてしまうの、と可愛く両肩を張って意気込んでいました。私は無理に微笑み、ただ首肯《うなず》いて聞いていました。あの人の無邪気さが、とても美しく、うらやましく思われ、私の古くさい俗な気質が、たまらなく醜いものに思われました。そんな打ち明け話があってから、芹川さんと私との間は、以前ほど、しっくりいかなくなって、女の子って変なものですね、誰か間に男の人がひとりはいると、それまでどんなに親しくつき合っていたっても、颯《さ》っと態度が鹿爪らしくなって、まるで、よそよそしくなってしまうものです。まさか私たちの間は、そんなにひどく変ったわけではございませんけれど、でも、お互いに遠慮が出て、御挨拶まで叮嚀になり、口数も少なくなりましたし、よろずに大人びてまいりました。どちらからも、あの写真の一件について話するのを避けるようになりまして、そのうちに年も暮れ、私も芹川さんも、二十三歳の春を迎えて、ちょうど、そのとしの三月末のことでございます。夜の十時頃、私が母と二人でお部屋にいて、一緒に父のセルを縫っておりましたら、女中がそっと障子《しょうじ》をあけ、私を手招きいたします。あたし？　と眼で尋ねると、女中は真剣そうに小さく二三度うなずきます。なんだい？　と母が眼鏡を額のほうへ押し上げて女中に訊ねましたら、女中は、軽く咳をして、あの、芹川さまのお兄様が、お嬢さんにちょっと、と言いにくそうに言って、また二つ三つ咳をいたしました。私は、すぐ立って廊下に出ました。もう、わかってしまったような気がしていたのです。芹川さんが、何か問題を起したのにちがいない、きっとそうだ、ときめてしまって、応接間に行こうとすると、女中は、いいえお勝手のほうでございます、と低い声で言って、いかにも一大事で緊張している者のように、少し腰を落して小走りにすッと先に立って急ぎます。ほの暗い勝手口に芹川さんの兄さんが、にこにこ笑いながら立っていました。芹川さんの兄さんとは、女学校に通っていたときには、毎朝毎夕挨拶を交して、兄さんは、いつでも、お店で、小僧さんたちと一緒に、くるくると小まめに立ち働いていました。女学校を出てからも、兄さんは、一週間にいちどくらいは、何かと注文のお菓子をとどけに、私の家へまいっていまして、私も気易く兄さん、兄さんとお呼びしていました。

でも、こんなに遅く私の家にまいりましたことは一度もないのですし、それに、わざわざ私を、こっそり呼ぶというのは、いよいよ芹川さんのれいの問題が爆発したのにちがいない、とわくわくしてしまって、私のほうから、

「芹川さんは、このごろお見えになりませんのよ。」と何も聞かれぬさきに口走ってしまいました。

「お嬢さん、ご存じだったの?」と兄さんは、一瞬けげんな顔をなさいました。

「いいえ。」

「そうですか。あいつ、いなくなったんです。ばかだなあ、文学なんて、ろくなことがない。お嬢さんも、まえから話だけはご存じなんでしょう?」

「ええ、それは、」声が喉《のど》にひっからまって困りました。「存じております。」

「逃げて行きました。でも、たいていいどころがわかっているんです。お嬢さんには、あいつ、このごろ、何も言わなかったんですね?」

「ええ、このごろは私にも、とてもよそよそしくしていました。まあ、どうしたのでしょう。おあがりになりません?　いろいろお伺いしたいのですけれど。」

「は、ありがとう。そうしてもおられないのです。これから、すぐにあいつを捜しに行かなければなりません。」見ると、兄さんは、ちゃんと背広を着て、トランクを携帯し

ております。

「心あたりがございますの?」

「ええ、わかっております。あいつら二人をぶん殴って、それで一緒にさせるのですね。」

兄さんはそう言って屈託なく笑って帰りましたけれど、私は勝手口に立ったままぼんやり見送り、それからお部屋へ引返して、母の物問いたげな顔にも気づかぬふりして、静かに坐り、縫いかけの袖を二針三針すすめました。また、そっと立って、廊下へ出て小走りに走り、勝手口に出て下駄をつっかけ、それからは、なりもふりもかまわず走りました。どういう気持であったのでしょう。私は未だにわかりません。あの兄さんに追いついて、死ぬまで離れまい、と覚悟していたのでした。芹川さんの事件なぞてんで問題でなかったのです。ただ、兄さんに、もいちど逢いたい、どんなことでもする、兄さんと二人なら、どこへでも行く、私をこのまま連れていって逃げて下さい、私をめちゃめちゃにして下さいと私ひとりの思いだけが、その夜ばかり、唐突に燃え上って、私は、暗い小路小路を、犬のように黙って走って、ときどき躓《つまず》いてはよろけ、前を掻き合わせてはまた無言で走りつづけ涙が湧いて出て、いま思うと、なんだか地獄の底のような気持でございます。市ヶ谷見附の市電の停留場にたどりついたときは、ほとんど呼吸ができないくらいに、からだが苦しく眼の先がもやもや暗くて、きっとあれは気を失う一歩手前の状態だったのでございましょう。停留場には人影ひとつなかったのでした。たったいま、電車が通過した跡の様子でございました。私は最後の一つの念願として、兄さあん！　とできるだけの声を絞って呼んでみました。しんとしています。私は胸に両袖を合せて帰りました。途々、身なりを整えてお家へ戻り、静かにお部屋の障子をあけたら、母は、何かあったのかい？　といぶかしそうに私の顔を見るので、ええ、芹川さんがいなくなったんですって、たいへんねえ、とさりげなく答えて、また縫いものをはじめました。母は、何か私につづけて問いたいふうでしたが、思いかえした様子で、黙って縫いものをつづけました。それだけの話でございます。芹川さんは、まえにも申し上げましたが、その三田のおかたと芽出度《めでた》く結婚なされて、いまは朝鮮のほうにいらっしゃる様子でございます。私もその翌年に、いまの主人を迎えました。芹川さんの兄さんとは、そののちお逢いしても、別になんともございません。いまは華月堂の当主でして、綺麗な小さいおかみさんをおもらいになってなかなか繁昌しております。やっぱり、ずっとつづけて一週間にいちどくらいは、御主人が注文の御菓子をとどけにまいります。別に、かわったこともございません。私は、あの夜、縫いものをしながら、うとうと眠って夢を見たのでございましょうか。夢にしては、いやにはっきりしているようでございます。あなたには、おわかりでしょうか。まるで嘘みたいなお話でございます。でも、これは秘密にしておいていただきましょう。娘があなた、もう女学校三年になるのでございますもの。

清貧譚

以下に記すのは、かの聊斎志異の中の一篇である。原文は、千八百三十四字、これを私たちの普通用いている四百字詰の原稿用紙に書き写しても、わずかに四枚半くらいの、極く短い小片に過ぎないのであるが、読んでいるうちに様々の空想が湧いて出て、優に三十枚前後の好短篇を読了した時と同じくらいの満酌の感を覚えるのである。私は、この、四枚半の小片にまつわる私の様々の空想を、そのまま書いてみたいのである。このような仕草が果して創作の本道かどうか、それには議論もあることであろうが、聊斎志異の中の物語は、文学の古典というよりは、故土の口碑に近いものだと私は思っているので、その古い物語を骨子として、二十世紀の日本の作家が、不逞の空想を案配し、かねて自己の感懐を託しもって創作なりと読者にすすめても、あながち深い罪にはなるまいと考えられる。私の新体制も、ロマンチシズムの発掘以外にはないようだ。

むかし江戸、向島あたりに馬山《まやま》才之助という、つまらない名前の男が住んでいた。ひどく貧乏である。三十二歳、独身である。菊の花が好きであった。佳い菊の苗が、どこかにあると聞けば、どのような無理算段をしても、必ずこれを買い求めた。千里をはばからず、と記されてあるから相当のものであることがわかる。初秋のころ、伊豆の沼津あたりに佳い苗があるということを聞いて、たちまち旅装をととのえ、顔色を変えて発足した。箱根の山を越え、沼津に到り、四方八方捜しまわり、やっと一つ、二つの美事な苗を手に入れることができ、そいつを宝物《たからもの》のように大事に油紙に包んで、にやりと笑って帰途についた。ふたたび箱根の山を越え、小田原のまちが眼下に展開してきた頃に、ぱかぱかと背後に馬蹄の音が聞えた。ゆるい足並《あしなみ》で、その馬蹄の音が、いつまでも自分と同じ間隔を保ったままで、それ以上ちかく迫るでもなし、また遠のきもせず、変らずぱかぱか附いてくる。才之助は、菊の良種を得たことで、有頂天なのだから、そんな馬の足音なぞは気にしない。けれども、小田原を過ぎ二里行き、三里行き、四里行っても、相変らず同じ間隔で、ぱかぱかと馬蹄の音が附いてくる。才之助も、はじめて少し変だと気が附いて、振りかえって見ると、美しい少年が奇妙に痩せた馬に乗り、自分から十間と離れていないところを歩いている。才之助の顔を見て、にっと笑ったようである。知らぬふりをしているのも悪いと思って、才之助も、ちょっと立ちどまって笑い返した。

少年は、近寄って馬から下り、

「いいお天気ですね。」と言った。

「いいお天気です。」才之助も賛成した。

少年は馬をひいて、そろそろ歩き出した。才之助も、少年と肩をならべて歩いた。よく見ると少年は、武家の育ちでもないようであるが、それでも人品は、どこやら典雅で服装も小ざっぱりしている。物腰が、鷹揚である。

「江戸へ、おいでになりますか。」と、ひどく馴れ馴れしい口調で問いかけてくるので、才之助もそれにつられて気をゆるし、

「はい、江戸へ帰ります。」

「江戸のおかたですね。どちらからのお帰りですか。」旅の話は、きまっている。それからそれと問い答え、ついに才之助は、こんどの旅行の目的全部を語って聞かせた。少年は急に目を輝かせて、

「そうですか。菊がお好きとは、たのもしいことです。菊については、私にも、いささか心得があります。菊は苗の良し悪しよりも、手当の仕方ですよ。」と言って、自分の栽培の仕方を少し語った。菊気違いの才之助は、たちまち熱中して、

「そうですかね。私は、やっぱり苗が良くなくちゃいけないと思っているんですが。た

とえば、ですね、――」と、かねて抱懐している該博なる菊の知識を披露しはじめた。少年は、あらわに反対はしなかったが、でも、時々さしはさむ簡単な疑問の呟きの底には、並々ならぬ深い経験が感取せられるので、才之助は、躍起になって言えば言うほど、自信を失い、はては泣き声になり、

「もう、私は何も言いません。理論なんて、ばからしいですよ。実際、私の家の菊の苗を、お見せするより他はありません。」

「それは、そうです。」少年は落ちついて首肯《うなず》いた。才之助は、やり切れない思いである。何とかして、この少年に、自分の庭の菊を見せてやって、あっと言わせてやりたく、むずむず身悶えしていた。

「それじゃ、どうです。」才之助は、もはや思慮分別を失っていた。「これから、まっすぐに、江戸の私の家まで一緒にいらして下さいませんか。ひとめでいいから、私の菊を見てもらいたいものです。ぜひ、そうしていただきたい」

少年は笑って、

「私たちは、そんなのんきな身分ではありません。これから江戸へ出て、つとめ口を捜さなければいけません。」

「そんなことは、なんでもない。」才之助は、すでに騎虎の勢いである。「まず私の家へ

いらして、ゆっくり休んで、それからお捜しになったってたっておそくはない。とにかく私の家の菊を、いちど御覧にならなくちゃいけません。」

「これは、たいへんなことになりました。」少年も、もはや笑わず、まじめな顔をして考え込んだ。しばらく黙って歩いてから、ふっと顔を挙げ、「実は、私たち沼津の者で、私の名前は、陶本《とうもと》三郎と申しますが、早くから父母を失い、姉と二人きりで暮していました。このごろになって急に姉が、沼津をいやがりまして、どうしても江戸へ出たいと言いますので、私たちは身のまわりのものを一さい整理して、ただいま江戸へ上る途中なのです。江戸へ出たところで、何の目当もございませんし、思えば心細い旅なのです。のんきに菊の花など議論している場合じゃなかったのでした。私も菊の花は、いやでないものですから、つい、余計のおしゃべりをしてしまいました。もう、よしましょう。どうか、あなたも忘れて下さい。これで、おわかれいたします。考えてみると、いまの私たちは、菊の花どころではなかったのです。」と淋しそうな口調で言って目礼し、傍の馬に乗ろうとしたが、才之助は固く少年の袖をとらえて、

「待ち給え。そんなことなら、なおさら私の家へ来てもらわなくちゃいかん。くよくよし給うな。私だって、ひどく貧乏だが、君たちを世話することぐらいはできるつもりです。まあ、いいから私に任せて下さい。姉さんも一緒だとおっしゃったが、どこにいる

んです。」

見渡すと、先刻は気附かなかったが、痩馬の蔭に、ちらと赤い旅装の娘のいるのが、わかった。才之助は、顔をあからめた。

才之助の熱心な申し入れを拒否しかねて、姉と弟は、とうとうかれの向島の陋屋《ろうおく》に一まず世話になることになった。来てみると、才之助の家は、かれの話以上に貧しく荒れはてているので、姉弟は、互いに顔を見合せて溜息をついた。才之助は、一向平気で、旅装もほどかず何よりも先に、自分の菊畑に案内し、いろいろ自慢して、それから菊畑の中の納屋を姉弟たちの当分の住居として指定してやったのである。かれの寝起きしている母屋は汚くて、それこそ足の踏み場もないほど頽廃していて、むしろこの納屋のほうが、ずっと住みよいくらいなのである。

「姉さん、これあいけない。とんだ人のところに世話になっちゃったね。」陶本の弟は、その納屋で旅装を解きながら、姉に小声で囁いた。

「ええ、」姉は微笑して、「でも、のんきでかえっていいわ。庭も広いようだし、これからお前が、せいぜい佳い菊を植えてあげて、御恩報じをしたらいいのよ。」

「おやおや、姉さんは、こんなところに、ずっと永くいるつもりなのですか？」

「そうよ。私は、ここが気に入ったわ。」と言って顔を赤くした。姉は、二十歳くらいで、色が溶けるほど白く、姿もすらりとしていた。

その翌朝、才之助と陶本の弟とは、もう議論をはじめていた。姉弟たちが代る代る乗って、ここまで連れてきたあの老いた痩馬がいなくなっているのである。ゆうべたしかに菊畑の隅に、つないでおいたはずなのに、けさ、才之助が起きて、まず菊の様子を見に畑へ出たら、馬はいない。しかも、畑を大いに走り廻ったらしく、菊は食い荒され、痛めつけられ、さんざんである。才之助は仰天して、納屋の戸を叩いた。弟がすぐに出てきた。

「どうなさいました。何か御用ですか。」

「見て下さい。あなたたちの痩馬が、私の畑を滅茶滅茶にしてしまいました。私は、死にたいくらいです。」

「なるほど。」少年は、落ちついていた。「それで? 馬は、どうしました。」

「馬なんか、どうだっていい。逃げちゃったんでしょう。」

「それは惜しい。」

「何を、おっしゃる。あんな痩馬。」

「痩馬とは、ひどい。あれは、利巧な馬です。すぐ様《さま》さがしに行ってきましょう。こんな菊畑なんか、どうでもいい。」

「なんですって?」才之助は、蒼くなって叫んだ。「君は、私の菊畑を侮蔑するのですか?」

姉が、納屋から、幽かに笑いながら出てきた。

「三郎や、あやまりなさい。あんな痩馬は、惜しくありません。私が、逃がしてやったのです。それよりも、この荒らされた菊畑を、すぐに手入れしておあげなさいよ。御恩報じの、いい機会じゃないの。」

「なあんだ。」三郎は、深い溜息をついて、小声で呟いた。「そんなつもりだったのかい。」

弟は、渋々、菊畑の手入れに取りかかった。見ていると、葉を喰いちぎられ、打ち倒され、もはや枯死しかけている菊も、三郎の手によって植え直されると、颯《さ》っと生気を恢復し、茎はたっぷりと水分を含み、花の蕾は重く柔かに、しおれた葉さえ徐々にその静脈に波打たせて伸腰する。才之助は、ひそかに舌を捲いた。けれども、かれとても菊作りの志士である。プライドがあるのだ。どてらの襟を掻き合せ、努めて冷然と、

「まあ、いいようにしておいて下さい。」と言い放って母屋へ引き上げ、蒲団かぶって寝てしまったが、すぐに起き上り、雨戸の隙間から、そっと畑を覗いてみた。菊は、やはり凜乎《りんこ》と生き返っていた。

その夜、陶本三郎が、笑いながら母屋へやって来て、
「どうも、けさほどは失礼いたしました。ところで、どうです。いまも姉と話し合ったことでしたが、お見受けしたところ、失礼ながら、あまり楽なお暮しでもないようですし、私に半分でも畑をお貸し下されば、いい菊を作って差し上げましょうから、それを浅草あたりへ持ち出してお売りになったら、よろしいではありませんか。ひとつ、大いに佳い菊を作って差し上げたいと思います。」

才之助は、けさは少なからず、菊作りとしての自尊心を傷つけられていることとて、不機嫌であった。

「お断り申す。君も、卑劣な男だねえ。」と、ここぞとばかり口をゆがめて軽蔑した。「私は、君を、風流な高士だとばかり思っていたが、いや、これは案外だ。おのれの愛する花を売って米塩の資を得るなどとは、もっての他です。菊を凌辱するとは、このことです。おのれの高い趣味を、金銭に換えるなぞとは、ああ、けがらわしい、お断り申す。」と、まるで、さむらいのような口調で言った。

三郎も、むっとした様子で、語調を変えて、
「天から貰った自分の実力で米塩の資を得ることは、必ずしも富をむさぼる悪業ではないと思います。俗といって軽蔑するのは、間違いです。お坊ちゃんの言うことです。い

い気なものです。人は、むやみに金を欲しがってもいけないが、けれども、やたらに貧乏を誇るのも、いやみなことです。」

「私は、いつ貧乏を誇りました。私には、祖先からの多少の遺産もあるのです。自分ひとりの生活には、それで充分なのです。これ以上の富は望みません。よけいな、おせっかいは、やめて下さい。」

またもや、議論になってしまった。

「それは、狷介《けんかい》というものです。」

「狷介、結構です。お坊ちゃんでも、かまいません。私は、私の菊と喜怒哀楽を共にして生きていくだけです。」

「それは、わかりました。」三郎は苦笑して首肯《うなず》いた。「ところで、どうでしょう。あの納屋の裏のほうに、十坪ばかりの空地がありますが、あれだけでも、私たちに、しばらく拝借ねがえないでしょうか。」

「私は物惜しみをする男ではありません。納屋の裏の空地だけでは不足でしょう。私の菊畑の半分は、まだ何も植えていませんから、その半分もお貸しいたしましょう。ご自由にお使い下さい。なお断っておきますが、私は、菊を作って売ろうなどという下心のある人たちとは、おつき合いいたしかねますから、きょうからは、他人と思っていただきます。」

「承知いたしました。」三郎は大いに閉口の様子である。「お言葉に甘えて、それでは畑も半分だけお借りしましょう。なお、あの納屋の裏に、菊の屑の苗が、たくさん捨てられてありますけれど、あれも頂戴いたします。」

「そんなつまらぬことを、いちいちおっしゃらなくてもよろしい。」

不和のままで、わかれた。その翌る日、才之助は、さっさと畑を二つにわけて、その境界に高い生垣を作り、お互いに見えないようにしてしまった。両家は、絶交したのである。

やがて、秋たけなわの頃、才之助の畑の菊も、すべて美事な花を開いたが、どうも、お隣りの畑のほうが気になって、ある日、そっと覗いてみると、驚いた。いままで見たこともないような大きな花が畑一めんに、咲き揃っている。納屋も小綺麗に修理されていて、さも居心地よさそうなしゃれた構えの家になっている。才之助は、心中おだやかでなかった。菊の花は、あきらかに才之助の負けである。しかも瀟洒な家さえ建てている。きっと菊を売って、大いに金をもうけたのにちがいない。けしからぬ。こらしめてやろうと、義憤やら嫉妬やら、さまざまの感情が怪しくごたごた胸をゆすぶり、いたたまらなくなって、ついに生垣を乗り越え、お隣りの庭に闖入してしまったのである。花一つ一つを、見れば見るほど、よくできている。花弁の肉も厚く、力強く伸び、精一ぱいに開いて、花輪は、ぷりぷり震えているほどで、いのち限りに咲いているのだ。なお注意して見ると、それは皆、自分が納屋の裏に捨てた、あの屑の苗から咲いた花なのである。

「ううむ。」と思わず唸ってしまった時、

「いらっしゃい。お待ちしていました。」と背後から声をかけられ、へどもどして振り向くと、陶本の弟が、にこにこ笑いながら立っている。

「負けました。」才之助は、やけくそに似た大きい声で言った。「私は潔《いさぎ》よい男ですから、ね、負けた時には、はっきり、負けたと申し上げます。どうか、君の弟子にして下さい。これまでの行きがかりは、さらりと、」と言って自分の胸を撫で下ろして見せて、「さらりと水に流すことにいたしましょう。けれども、――」

「いや、そのさきは、おっしゃらないでください。私は、あなたのような潔癖の精神は持っていませんので、御推察のとおり、菊を少しずつ売っております。けれども、どうか軽蔑なさらないで下さい。姉も、いつもそのことを気にかけております。私たちだって、精一ぱいなのです。私たちには、あなたのように、父祖の遺産というものもございませんし、ほんとうに、菊でも売らなければ、のたれ死にするばかりなのです。どうか、お見逃し下さって、これを機会に、またおつき合いを願います。」と言って、うなだれている三郎の姿を見ると、才之助も哀れになってきて、

「いや、いや、そう言われると痛み入ります。私だって、何も、君たち姉弟《きょうだい》を嫌っているわけではないのです。殊に、これからは君を菊の先生として、いろいろ教えてもらおうと思っているのですから、どうか、私こそ、よろしくお願いいたします。」と神妙に言って一礼した。

一たんは和解成って、間の生垣も取り払われ、両家の往来がはじまったのであるが、どうも、時々は議論が起る。

「君の菊の花の作り方には、なんだか秘密があるようだ。」

「そんなことは、ありません。私は、これまで全部あなたにお伝えしたはずです。あとは、指先の神秘です。それは、私にとっても無意識なもので、なんと言ってお伝えしたらいいのか、私にもわかりません。つまり、才能というものなのかもしれません。」

「それじゃ、君は天才で、私は鈍才だというわけだね。いくら教えても、だめだというわけだね。」

「そんなことを、おっしゃっては困ります。あるいは、私の菊作りは、いのちがけで、これを美事に作って売らなければ、ごはんをいただくことができないのだという、そん

なせっぱつまった気持で作るから、花も大きくなるのではないかとも思われます。あなたのように、趣味でお作りになる方は、やはり好奇心や、自負心の満足だけなのですから。」

「そうですか。私にも菊を売れと言うのですね。君は、私にそんな卑しいことをすすめて、恥ずかしくないかね。」

「いいえ、そんなことを言っているのではありません。あなたは、どうして、そうなんでしょう。」

どうも、しっくりいかなかった。陶本の家は、いよいよ富んでいくばかりのようであった。その翌る年の正月には、才之助に一言の相談もせず、大工を呼んでいきなり大邸宅の建築に取りかかった。その邸宅の一端は、才之助の茅屋《ぼうおく》の一端に、ほとんど密着するくらいであった。才之助は、再び隣家と絶交しようと思いはじめた。ある日、三郎が真面目な顔をしてやって来て、

「姉さんと結婚して下さい。」と思いつめたような口調で言った。

才之助は、頬を赤らめた。はじめ、ちらと見た時から、あの柔かな清らかさを忘れかねていたのである。けれども、やはり男の意地で、へんな議論をはじめてしまった。

「私には結納《ゆいのう》のお金もないし、妻を迎える資格がありません。君たちは、このごろ、お

金持になったようだからねえ。」と、かえって厭味《いやみ》を言った。

「いいえ、みんな、あなたのものです。姉は、はじめから、そのつもりでいたのです。結納なんてものも要りません。あなたが、このまま、私の家へおいで下されたら、それでいいのです。姉は、あなたを、お慕い申しております。」

才之助は、狼狽を押し隠して、

「いや、そんなことは、どうでもいい。私には私の家があります。入り婿《いりむこ》は、まっぴらです。私も正直に言いますが、君の姉さんを嫌いではありません。はははは、」と豪傑らしく笑って見せて、「けれども、入り婿《いりむこ》は、男子として最も恥ずべきことです。お断りいたします。帰って姉さんに、そう言いなさい。清貧が、いやでなかったら、いらっしゃい、と。」

喧嘩わかれになってしまった。けれどもその夜、才之助の汚い寝所に、ひらりと風に乗って白い柔い蝶が忍び入った。

「清貧は、いやじゃないわ。」と言って、くっくっ笑った。娘の名は、黄英《きえ》といった。

しばらくは二人で、茅屋に住んでいたが、黄英は、やがてその茅屋の壁に穴をあけ、それに密着している陶本の家の壁にも同様に穴を穿《うが》ち、自由に両家が交通できるようにしてしまった。そうして自分の家から、あれこれと必要な道具を、才之助の家に持ち運んでくるのである。才之助には、それが気になってならなかった。

「困るね。この火鉢だって、この花瓶だって、みんなお前の家のものじゃないか。女房の持ち物を、亭主が使うのは、実に面目ないことなのだ。こんなものは、持ってこないようにしてくれ。」と言って叱りつけても、黄英は笑っているばかりで、やはり、ちょいちょい持ち運んでくる。清廉の士をもって任じている才之助は、大きい帳面を作り、左の品々一時お預り申候《もうしそうろう》と書いて、黄英の運んでくる道具をいちいち記入しておくことにした。けれども今は、身のまわりの物すべて、黄英の道具である。いちいち記入していくならば、帳面が何冊あっても足りないくらいであった。才之助は絶望した。

「お前のおかげで、私もとうとう髪結いの亭主みたいになってしまった。女房のおかげで、家が豊かになるということは男子として最大の不名誉なのだ。私の三十年の清貧も、お前たちのために滅茶滅茶にされてしまった。」とある夜、しみじみ愚痴をこぼした。

黄英も、流石《さすが》に淋しそうな顔になって、

「私が悪かったのかもしれません。私は、ただ、あなたの御情にお報いしたくて、いろいろ心をくだいて今まで取り計ってきたのですが、あなたが、それほど深く清貧に志しておられるとは存じ寄りませんでした。では、この家の道具も、私の新築の家も、みんなすぐ売り払うようにしましょう。そのお金を、あなたがお好きなように使ってしまって下さい。」

「ばかなことを言っては、いけない。私ともあろうものが、そんな不浄なお金を受け取ると思うか。」

「では、どうしたら、いいのでしょう。」黄英は、泣声になって、「三郎だって、あなたに御恩報じをしようと思って、毎日、菊作りに精出して、ほうぼうのお屋敷にせっせと苗をおとどけしてはお金をもうけているのです。どうしたら、いいのでしょう。あなたと私たちとは、まるで考えかたが、あべこべなんですもの。」

「わかれるより他はない。」才之助は、言葉の行きがかりから、さらにさらに立派なことを言わなければならなくなって、心にもないつらい宣言をしたのである。「清い者は清く、濁れる者は濁ったままで暮していくより他はない。私には、人にかれこれ命令する権利はない。私がこの家を出て行きましょう。あしたから、私はあの庭の隅に小屋を作って、そこで清貧を楽しみながら寝起きすることにいたします。」ばかなことになってしまった。けれども男子は一度言い出したからには、のっぴきならず、翌る朝さっそく庭の隅に一坪ほどの掛小屋を作って、そこに引きこもり、寒さに震えながら正坐していた。けれども、二晩そこで清貧を楽しんでいたら、どうにも寒くて、たまらなくなってきた。三晩目には、とうとう我が家の雨戸を軽く叩いたのである。雨戸が細くあいて、

黄英の白い笑顔があらわれ、

「あなたの潔癖も、あてになりませんわね。」

才之助は、深く恥じた。それからは、ちっとも剛情を言わなくなった。墨堤の桜が咲きはじめる頃になって、陶本の家の建築は全く成り、そうして才之助の家と、ぴったり密着して、もう両家の区別がわからないようになった。才之助は、いまはそんなことには少しも口出しせず、すべて黄英と三郎に任せ、自分は近所の者と将棊ばかりさしていた。一日、一家三人、墨堤の桜を見に出かけた。ほどよいところに重箱をひろげ、才之助は持参の酒を飲みはじめ、三郎にもすすめた。姉は、三郎に飲んではいけないと目で知らせたが、三郎は平気で杯を受けた。

「姉さん、もう私は酒を飲んでもいいのだよ。家にお金も、たくさんたまったし、私がいなくなっても、もう姉さんたちは一生あそんで暮せるでしょう。菊を作るのにも、厭きちゃった。」と妙なことを言って、やたらに酒を飲むのである。やがて酔いつぶれて、寝ころんだ。みるみる三郎のからだは溶けて、煙となり、あとには着物と草履《ぞうり》だけが残った。才之助は驚愕して、着物を抱き上げたら、その下の土に、水々しい菊の苗が一本生えていた。はじめて、陶本姉弟が、人間でないことを知った。けれども、才之助は、いまでは全く姉弟の才能と愛情に敬服していたのだから、嫌厭の情は起らなかった。哀しい菊の精の黄英を、いよいよ深く愛したのである。かの三郎の菊の苗は、わが庭に移し植えられ、秋にいたって花を開いたが、その花は薄紅色で幽かにぽっと上気して、嗅いでみると酒の匂いがした。黄英のからだについては、「亦他異無し。」と原文に書かれてある。つまり、いつまでもふつうの女体のままであったのである。

令嬢アユ

佐野君は、私の友人である。私のほうが佐野君より十一も年上なのであるが、それでも友人である。佐野君は、いま、東京のある大学の文科に籍を置いているのであるが、あまりできないようである。いまに落第するかもしれない。少し勉強したらどうか、と私は言いにくい忠告をしたこともあったが、その時、佐野君は腕組みをして頸垂れ、もうこうなれば、小説家になるより他はない、と低い声で呟いたので、私は苦笑した。学問のきらいな頭のわるい人間だけが小説家になるものだと思い込んでいるらしい。それは、ともかくとして、佐野君はこの頃いよいよ本気に、小説家になるより他はない、と覚悟を固めてきた様子である。日、一日と落第が確定的になってきたのかもしれない。もうこうなれば、小説家になるより他はない、と今は冗談でなく腹をきめたせいか、この頃の佐野君の日常生活は、実に悠々たるものである。かれは未だ二十二歳のはずであるが、その、本郷の下宿屋の一室において、端然と正坐し、囲碁の独り稽古にふけっている有様を望見するに、どこやら雲中白鶴の趣さえ感ぜられる。時々、背広服を着て旅に出る、鞄には原稿用紙とペン、インク、悪の華、新約聖書、戦争と平和第一巻、その他がいれられてある。温泉宿の一室において、床柱を背負って泰然とおさまり、机の上には原稿用紙をひろげ、もの憂げに煙草のけむりの行末を眺め、長髪を掻き上げて、軽く咳《せき》ばらいするところなど、すでに一個の文人墨客の風情がある。けれども、その、むだなポオズにも、すぐ疲れてくる様子で、立ち上って散歩に出かける。宿から釣竿を借りて渓流の山女《やまめ》釣りを試みる時もある。一匹も釣れたことはない。実は、そんなにも釣を好きではないのである。餌を附けかえるのが、面倒くさくてかなわない。だから、たいてい蚊針を用いる。東京で上等の蚊針を数種買い求め、財布にいれて旅に出るのだ。そんなにも好きでないのに、なぜ、わざわざ釣針を買い求め旅行先に持参してまで、釣を実行しなければならないのか。なんということもない、ただ、ただ、隠君子の心境を味わってみたいこころからである。

ことしの六月、鮎の解禁の日にも、佐野君は原稿用紙やらペンやら、戦争と平和やらを鞄にいれ、財布には、数種の蚊針を秘めて伊豆のある温泉場へ出かけた。

四五日して、たくさんの鮎を、買って帰京した。柳の葉くらいの鮎を二匹、釣り上げて得意顔で宿に持って帰ったところ、宿の人たちに大いに笑われて、頗《すこぶ》るまごついたそうである。その二匹は、それでもフライにしてもらって晩ごはんの時に食べたが、大きいお皿に小指くらいの「かけら」が二つころがっている様を見たら、かれは余りの恥ずかしさに、立腹したそうである。私の家にも、美事な鮎を、お土産に持ってきてくれた。伊豆のさかなやから買ってきたということを、かれは、卑怯な言いかたで告白した。「これくらいの鮎を、わけなく釣っている人もあるにはあるが、僕は釣らなかった。これくらいの鮎は、てれくさくて釣れるものではない。僕は、わけを話してゆずってもらってきた。」と奇妙な告白のしかたをしたのである。

ところで、その時の旅行には、もう一つ、へんなお土産があった。かれが、結婚したいと言い出したのである。伊豆で、いいひとを見つけてきたというのであった。

「そうかね。」私はくわしく聞きたくもなかった。私は、ひとの恋愛談を聞くことは、あまり好きでない。恋愛談には、かならず、どこかに言い繕いがあるからである。

私が気乗りのしない生返事をしていたのだが、佐野君はそれにはお構いなしに、かれの見つけてきたという、その、いいひとについて澱《よど》みなく語った。割に嘘のない、素直な語りかただったので、私も、おしまいまで、そんなにいらいらせずに聞くことができた。

かれが伊豆に出かけて行ったのは、五月三十一日の夜で、その夜は宿でビイルを一本飲んで寝て、翌朝は宿のひとに早く起してもらって、釣竿をかついで悠然と宿を出た。多少、ねむそうな顔をしているが、それでもどこかに、ひとかどの風騒の士の構えを示して、夏草を踏みわけ河原へ向った。草の露が冷くて、いい気持。土堤にのぼる。松葉牡丹が咲いている。姫百合が咲いている。ふと前方を見ると、緑いろの寝巻を着た令嬢が、白い長い両脚を膝よりも、もっと上まであらわして、素足で青草を踏んで歩いている。清潔な、ああ、綺麗。十メエトルと離れていない。

「やあ！」佐野君は、無邪気である。思わず歓声を挙げて、しかもその透きとおるような柔い脚を確実に指《ゆび》さしてしまった。令嬢は、そんなにも驚かぬ。少し笑いながら裾をおろした。これは日課の、朝の散歩なのかもしれない。佐野君は、自分の、指さした右手の処置に、少し困った。初対面の令嬢の脚を、指さしたりなどして、失礼であった、と後悔した。「だめですよ、そんな、――」と意味のはっきりしない言葉を、非難の口調で呟いて、颯《さ》っと令嬢の傍をすり抜けて、後を振り向かず、いそいで歩いた。躓《つまず》いた。こんどは、ゆっくり歩いた。

河原へ降りた。幹が一抱え以上もある柳の樹蔭に腰をおろして、釣糸を垂れた。釣れる場所か、釣れない場所か、それは問題じゃない。他の釣師が一人もいなくて、静かな場所ならそれでいいのだ。釣の妙趣は、魚を多量に釣り上げることにあるのではなくて、釣糸を垂れながら静かに四季の風物を眺め楽しむことにあるのだ、と露伴先生も教えているそうであるが、佐野君も、それは全くそれに違いないと思っている。もともと佐野君は、文人としての魂魄《こんぱく》を練るために、釣をはじめたのだから、釣れる釣れないは、いよいよ問題でないのだ。静かに釣糸を垂れ、もっぱら四季の風物を眺め楽しんでいるのである。水は、囁きながら流れている。鮎が、すっと泳ぎ寄って蚊針をつつき、ひらと身をひるがえして逃れ去る。素早いものだ、と佐野君は感心する。対岸には、紫陽花《あじさい》が咲いている。竹藪の中で、赤く咲いているのは夾竹桃《きょうちくとう》らしい。眠くなってきた。

「釣れますか?」女の声である。

もの憂げに振り向くと、先刻の令嬢が、白い簡単服を着て立っている。肩には釣竿をかついでいる。

「いや、釣れるものではありません。」へんな言いかたである。

「そうですか。」令嬢は笑った。二十歳にはなるまい。歯が綺麗だ。眼が綺麗だ。喉《のど》は、白くふっくらして溶けるようで、可愛い。みんな綺麗だ。釣竿を肩から、おろして、

「きょうは解禁の日ですから、子供にでも、わけなく釣れるのですけど。」

「釣れなくたっていいんです。」佐野君は、釣竿を河原の青草の上にそっと置いて、煙

草をふかした。佐野君は、好色の青年ではない。迂闊《うかつ》なほうである。もう、その令嬢を問題にしていないという澄ました顔で、悠然と煙草のけむりを吐いて、そうして四季の風物を眺めている。

「ちょっと、拝見させて。」令嬢は、佐野君の釣竿を手に取り、糸を引き寄せて針をひとめ見て、「これじゃ、だめよ。鮠《はや》の蚊針じゃないの。」

佐野君は、恥をかかされたと思った。ごろりと仰向に河原に寝ころんだ。「同じことですよ。その針でも、一二匹釣れました。」嘘を言った。

「あたしの針を一つあげましょう。」令嬢は胸のポケットから小さい紙包をつまみ出して、佐野君の傍にしゃがみ、蚊針の仕掛けに取りかかった。佐野君は寝ころび、雲を眺めている。

「この蚊針はね、」と令嬢は、金色の小さい蚊針を佐野君の釣糸に結びつけてやりながら呟く。「この蚊針はね、おそめという名前です。いい蚊針には、いちいち名前があるのよ。これは、おそめ。可愛い名でしょう?」

「そうですか、ありがとう。」佐野君は、野暮《やぼ》である。何が、おそめだ。おせっかいは、もうやめて、早く向うへ行ってくれたらいい。気まぐれの御親切は、ありがた迷惑だ。

「さあ、できました。こんどは釣れますよ。ここは、とても釣れるところなのです。あたしは、いつも、あの岩の上で釣っているの。」

「あなたは、」佐野君は起き上って、「東京の人ですか？」

「あら、どうして？」

「いや、ただ、――」佐野君は狼狽した。顔が赤くなった。

「あたしは、この土地のものよ。」令嬢の顔も、少し赤くなった。うつむいて、くすくす笑いながら岩のほうへ歩いて行った。

佐野君は、釣竿を手に取って、再び静かに釣糸を垂れ、四季の風物を眺めた。ジャボリという大きな音がした。たしかに、ジャボリという音であった。見ると令嬢は、見事に岩から落ちている。胸まで水に没している。釣竿を固く握って、「あら、あら。」と言いながら岸に這い上って来た。まさしく濡れ鼠のすがたである。白いドレスが両脚にぴったり吸いついている。

佐野君は、笑った。実に愉快そうに笑った。ざまを見ろという小気味のいい感じだけで、同情の心は起らなかった。ふと笑いを引っ込めて、叫んだ。

「血が！」

令嬢の胸を指《ゆび》さした。けさは脚を、こんどは胸を、指さした。令嬢の白い簡単服の胸のあたりに血が、薔薇の花くらいの大きさでにじんでいる。

令嬢は、自分の胸を、うつむいてちらと見て、「桑の実よ。」と平気な顔をして言った。「胸のポケットに、桑の実をいれておいたのよ。あとで食べようと思っていたら、損をした。」

岩から滑り落ちる時に、その桑の実が押しつぶされたのであろう。佐野君は再び、恥をかかされた、と思った。

令嬢は、「見ては、いやよ。」と言い残して川岸の、山吹の茂みの中に姿を消してそれっきり、翌日も、翌々日も河原へ出てはこなかった。佐野君だけは、相かわらず悠々と、あの柳の木の下で、釣糸を垂れ、四季の風物を眺め楽しんでいる。あの令嬢と、また逢いたいとも思っていない様子である。佐野君は、そんなに好色な青年ではない。迂闊すぎるほどである。

三日間、四季の風物を眺め楽しみ、二匹の鮎を釣り上げた。「おそめ」という蚊針のおかげと思うより他はない。釣り上げた鮎は、柳の葉ほどの大きさであった。これは、宿でフライにしてもらって食べたそうだが、浮かぬ気持であったそうである。四日目に帰京したのであるが、その朝、お土産の鮎を買いに宿を出たら、あの令嬢に逢ったという。令嬢は黄色い絹のドレスを着て、自転車に乗っていた。

「やあ、おはよう。」佐野君は無邪気である。大声で、挨拶した。

令嬢は軽く頭をさげただけで、走り去った。なんだか、まじめな顔つきをしていた。自転車のうしろには、菖蒲《あやめ》の花束が載せられていた。白や紫の菖蒲の花が、ゆらゆら首を振っていた。

その日の昼すこし前に宿を引き上げて、れいの鞄を右手に、氷詰めの鮎の箱を左手に持って宿から、バスの停留場まで五丁ほどの途《みち》を歩いた。ほこりっぽい田舎道である。時々立ちどまり、荷物を下に置いて汗を拭いた。それから溜息をついて、また歩いた。三丁ほど歩いたところに、

「おかえりですか。」と背後から声をかけられ、振り向くと、あの令嬢が笑っている。手に小さい国旗を持っている。黄色い絹のドレスも上品だし、髪につけているコスモスの造花も、いい趣味だ。田舎のじいさんと一緒である。じいさんは、木綿の縞の着物を着て、小柄な実直そうな人である。ふしくれだった黒い大きい右手には、先刻の菖蒲の花束を持っている。さてはこの、じいさんに差し上げるために、けさ自転車で走りまわっていたのだな、と佐野君は、ひそかに合点した。

「どう？　釣れた？」からかうような口調である。

「いや、」佐野君は苦笑して、「あなたが落ちたので、鮎がおどろいていなくなったようです。」佐野君にしては上乗の応酬である。

「水が濁ったのかしら。」令嬢は笑わずに、低く呟いた。

じいさんは、幽かに笑って、歩いている。

「どうして旗を持っているのです。」佐野君は話題の転換をこころみた。

「出征したのよ。」

「誰が?」

「わしの甥ですよ。」じいさんが答えた。「きのう出発しました。わしは、飲みすぎて、ここへ泊ってしまいました。」まぶしそうな表情であった。

「それは、おめでとう。」佐野君は、こだわらずに言った。事変のはじまったばかりの頃は、佐野君はこの祝辞を、なんだか言いにくかった。でも、いまは、こだわりもなく祝辞を言える。だんだん、このように気持が統一されていくのであろう。いいことだ、と佐野君は思った。

「可愛がっていた甥御さんだったから、」令嬢は利巧そうな、落ちついた口調で説明した。「おじさんが、やっぱり、ゆうべは淋しがって、とうとう泊っちゃったの。わるいことじゃないわね。あたしは、おじさんに力をつけてやりたくて、けさは、お花を買ってあげたの。それから旗を持って送って来たの。」

「あなたのお家は、宿屋なの?」佐野君は、何も知らない。令嬢も、じいさんも笑った。

停留場についた。佐野君と、じいさんは、バスに乗った。令嬢は、窓のそとで、ひらひらと国旗を振った。

「おじさん、しょげちゃ駄目よ。誰でも、みんな行くんだわ。」

バスは出発した。佐野君は、なぜだか泣きたくなった。

いいひとだ、あの令嬢は、いいひとだ、結婚したいと、佐野君は、まじめな顔で言うのだが、私は閉口した。もう私には、わかっているのだ。

「馬鹿だね、君は。なんて馬鹿なんだろう。そのひとは、宿屋の令嬢なんかじゃないよ。考えてごらん。そのひとは六月一日に、朝から大威張りで散歩して、釣をしたりして遊んでいたようだが、他の日は、遊べないのだ。どこにも姿を見せなかったろう？　そのはずだ。毎月、一日《ついたち》だけ休みなんだ。わかるかね。」

「そうかあ。カフェの女給か。」

「そうだといいんだけど、どうも、そうでもないようだ。おじいさんが君に、てれていたろう？　泊ったことを、てれていたろう？」

「わあっ！　そうかあ。なあんだ。」佐野君は、こぶしをかためて、テーブルをどんとたたいた。もうこうなれば、小説家になるより他はない、といよいよ覚悟のほどを固くした様子であった。

令嬢。よっぽど、いい家庭のお嬢さんよりも、その、鮎の娘さんのほうが、はるかにいいのだ、本当の令嬢だ、とも思うのだけれども、嗚呼《ああ》、やはり私は俗人なのかもしれぬ、そのような境遇の娘さんと、私の友人が結婚するというならば、私は、頑固に反対するのである。

恥

菊子さん。恥をかいちゃったわよ。ひどい恥をかきました。顔から火が出る、などの形容はなまぬるい。草原をころげ廻って、わあっと叫びたい、と言っても未だ足りない。サムエル後書にありました「タマル、灰をその首《こうべ》に蒙《かむ》り、着たる振袖を裂き、手を首《こうべ》にのせて、呼《よば》わりつつ去《さり》ゆけり」可愛そうな妹タマル。わかい女は、恥ずかしくてどうにもならなくなった時には、本当に頭から灰でもかぶって泣いてみたい気持になるわねえ。タマルの気持がわかります。

菊子さん。やっぱり、あなたのおっしゃったとおりだったわ。小説家なんて、人の屑よ。いいえ、鬼です。ひどいんです。私は、大恥かいちゃった。菊子さん。私は今まであなたに秘密にしていたけれど、小説家の戸田さんに、こっそり手紙を出していたのよ。そうしてとうとう一度お眼にかかって大恥かいてしまいました。つまらない。

はじめから、ぜんぶお話し申しましょう。九月のはじめ、私は戸田さんへ、こんな手紙を差し上げました。たいへん気取って書いたのです。

「ごめん下さい。非常識と知りつつ、お手紙をしたためます。おそらく貴下の小説には、女の読者がひとりもなかったことと存じます。女は、広告のさかんな本ばかりを読むのです。女には、自分の好みがありません。人が読むから、私も読もうという虚栄みたいなもので読んでいるのです。物知り振っている人を、やたらに尊敬いたします。つまらぬ理窟を買いかぶります。貴下は、失礼ながら、理窟をちっとも知らない。学問もないようです。貴下の小説を私は、去年の夏から読みはじめて、ほとんど全部を読んでしまったつもりでございます。それで、貴下にお逢いするまでもなく、貴下の身辺の事情、容貌、風采、ことごとくを存じております。貴下に女の読者がひとりもないのは、確定的のことだと思いました。貴下はご自分の貧寒のことや、吝嗇のことや、さもしい夫婦喧嘩、下品なご病気、それから容貌のずいぶん醜いことや、身なりの汚いこと、蛸の脚なんかを齧って焼酎を飲んで、あばれて、地べたに寝ること、借金だらけ、その他たくさん不名誉な、きたならしいことばかり、少しも飾らず告白なさいます。あれでは、いけません。女は、本能として、清潔を尊びます。貴下の小説を読んで、ちょっと貴下をお気の毒とは思っても、頭のてっぺんが禿げてきたとか、歯がぼろぼろに欠けてきたとか書いてあるのを読みますと、やっぱり、余りひどくて、苦笑してしまいます。ごめんなさい。軽蔑したくなるのです。それに、貴下は、とても口で言えない不潔な場所の女のところへも出かけて行くようではありませんか。あれでもう、決定的です。私でさえ、鼻をつまんで読んだことがあります。女のひとは、ひとりのこらず、貴下を軽蔑し、顰《ひん》蹙《しゅく》するのも当然です。私は、貴下の小説をお友だちに隠れて読んでいました。私が貴下のものを読んでいるということが、もしお友達にわかったら、私は嘲笑せられ、人格を疑われ、絶交されることでしょう。どうか、貴下においても、ちょっと反省をして下さい。私は、貴下の無学あるいは文章の拙劣、あるいは人格の卑しさ、思慮の不足、頭の悪さなど、無数の欠点をみとめながらも、底に一すじの哀愁感のあるのを見つけたのです。私は、あの哀愁感を惜しみます。他の女の人には、わかりません。女のひとは、前にも申しましたように虚栄ばかりで読むのですから、やたらに上品ぶった避暑地の恋や、あるいは思想的な小説などを好みますが、私は、それればかりでなく、貴下の小説の底にある一種の哀愁感というものも尊いのだと信じました。どうか、貴下は、ご自身の容貌の醜さや、過去の汚行や、または文章の悪さなどに絶望なさらず、貴下独特の哀愁感を大事になさって、同時に健康に留意し、哲学や語学をいま少し勉強なさって、もっと思想を深めて下さい。貴下の哀愁感が、もし将来において哲学的に整理できたならば、貴下の小説も今日のごとく嘲笑せられず、貴下の人格も完成されることと存じます。その完成の日には、私も覆面をとって私の住所姓名を明らかにして、貴下とお逢いしたいと思いますが、ただ今は、はるかに声援をお送りするだけで止そうと思います。お断りしておきますが、これはファン・レタアではございませぬ。奥様なぞにお見せして、おれにも女のファンができたなんて下品にふざけ合うのは、やめていただきます。私はプライドを持っています。」

菊子さん。だいたい、こんな手紙を書いたのよ。貴下、貴下とお呼びするのは、何だか具合が悪かったけど「あなた」なんて呼ぶには、戸田さんと私とでは、としが違いすぎて、それに、なんだか親しすぎて、いやだわ。戸田さんが年甲斐《としがい》もなく自惚《うぬぼ》れて、へんな気を起したら困るとも思ったの。「先生」とお呼びするほど尊敬もしてないし、それに戸田さんには何も学問がないんだから「先生」と呼ぶのは、とても不自然だと思ったの。だから貴下とお呼びすることにしたんだけど、「貴下」も、やっぱり少しへんね。でも私は、この手紙を投函しても、良心の呵責はなかった。よいことをしたと思った。お気の毒な人に、わずかでも力をかしてあげるのは、気持のよいものです。けれども私はこの手紙には、住所も名前も書かなかった。だって、こわいもの。汚い身なりで酔って私のお家へ訪ねて来たら、ママは、どんなに驚くでしょう。お金を貸せ、なんて脅迫するかもしれないし、とにかく癖の悪いおかただから、どんなこわいことをなさるかわからない。私は永遠に覆面の女性でいたかった。けれども、菊子さん、だめだった。とっても、ひどいことになりました。それから、ひとつき経たぬうちに、私は、もう一度戸田さんへ、どうしても手紙を書かなければならぬ事情が起りました。しかも今度は、住所も名前も、はっきり知らせて。

菊子さん、私は可哀想な子だわ。その時の私の手紙の内容をお知らせすると、事情もだいたいおわかりのはずですから、次にご紹介いたしますが、笑わないで下さい。

「戸田様。私は、おどろきました。どうして私の正体を捜し出すことができたのでしょう。そうです、本当に、私の名前は和子です。そうして教授の娘で、二十三歳です。あざやかに素破抜《すっぱぬ》かれてしまいました。今月の「文学世界」の新作を拝見して、私は呆然としてしまいました。本当に、本当に、小説家というものは油断のならぬものだと思いました。どうして、お知りになったのでしょう。しかも、私の気持まで、すっかり見抜いて、「みだらな空想をするようにさえなりました。」などと辛辣《しんらつ》な一矢《いっし》を放っているあたり、たしかに貴下の驚異的な進歩だと思いました。私のあの覆面の手紙が、ただちに貴下の制作欲をかき起したということは、私にとってもよろこばしいことでした。女性の一支持が、作家をかくまでも、いちじるしく奮起させるとは、思いも及ばなかったことでした。人の話によりますと、ユーゴー、バルザックほどの大家でも、すべて女性の保護と慰藉のおかげで、数多い傑作をものしたのだそうです。私も貴下を、及ばずながらお助けすることに覚悟をきめました。どうか、しっかりやって下さい。時々お手紙を差し上げます。貴下のこのたびの小説において、わずかながら女性心理の解剖を行っているのはたしかに一進歩にて、ところどころ、あざやかであって感心もいたしましたが、まだまだ到らないところもあるのです。私は若い女性ですから、これからいろいろ女性の心を教えてあげます。貴下は、将来有望の士だと思います。だんだん作品も、よくなっていくように思います。どうか、もっとご本を読んで哲学的教養も身につけるようにして下さい。教養が不足だと、どうしても大小説家にはなれません。お苦しいことが起ったら、遠慮なくお手紙を下さい。もう見破られましたから、覆面はやめましょう。私の住所と名前は表記のとおりです。偽名ではございませんから、ご安心下さいませ。貴下が、他日、貴下の人格を完成なさった暁《あかつき》には、かならずお逢いしたいと思いますが、それまでは、文通のみにて、かんにんして下さいませ。本当に、このたびは、おどろきました。ちゃんと私の名前まで、お知りになっているのですもの。きっと、貴下は、あの私の手紙に興奮して大騒ぎしてお友達みんなに見せて、そうして手紙の消印などを手がかりに、新聞社のお友達あたりにたのんで、とうとう、私の名前を突きとめたというようなところだろうと思っていますが、違いますか？　男のかたは、女からの手紙だとすぐ大騒ぎをするんだから、いやだわ。どうして私の名前や、それから二十三歳だということまで知ったか、手紙でお知らせ下さい。末永く文通いたしましょう。この次からは、もっと優しい手紙を差し上げましょうね。ご自重下さい。」

菊子さん、私はいまこの手紙を書き写しながら何度も何度も泣きべそをかきました。全身に油汗《あぶらあせ》がにじみ出る感じ。お察し下さい。私、間違っていたのよ。私のことなんか書いたんじゃなかったのよ。てんで問題にされていなかったのよ。ああ恥ずかしい、恥ずかしい。菊子さん、同情してね。おしまいまでお話するわ。

戸田さんが今月の「文学世界」に発表した「七草」という短篇小説、お読みになりましたか。二十三の娘が、あんまり恋を恐れ、恍惚を憎んで、とうとうお金持の六十の爺さんと結婚してしまって、それでもやっぱり、いやになり、自殺するという筋の小説。すこし露骨で暗いけれど、戸田さんの持味は出ていました。私はその小説を読んで、てっきり私をモデルにして書いたのだと思い込んでしまったの。なぜだか、二、三行読んだとたんにそう思い込んで、さっと蒼ざめました。だって、その女の子の名前は、私と同じ、和子じゃないの。としも同じ、二十三じゃないの。父が大学の先生をしているところまで、そっくりじゃないの。あとは私の身の上と、てんで違うけれど、でも、これは私の手紙からヒントを得て創作したのにちがいないと、なぜだかそう思い込んでしまったのよ。それが大恥のもとでした。

四、五日して戸田さんから葉書をいただきましたが、それにはこう書かれておりました。

「拝復。お手紙をいただきました。ご支持をありがたく存じます。また、この前のお手紙も、たしかに拝誦いたしました。私は今日まで人のお手紙を家の者に見せて笑うなどという失礼なことは一度もいたしませんでした。また友達に見せて騒いだこともございません。その点は、ご放念下さい。なおまた、私の人格が完成してから逢って下さるのだそうですが、いったい人間は、自分で自分を完成できるものでしょうか。不一。」

やっぱり小説家というものは、うまいことを言うものだと思いました。一本やられたと、くやしく思いました。私は一日ぼんやりして、翌る朝、急に戸田さんに逢いたくなったのです。逢ってあげなければいけない。あの人は、いまきっとお苦しいのだ。私がいま逢ってあげなければ、あの人は堕落してしまうかもしれない。あの人は私の行くのを待っているのだ。お逢いいたしましょう。私は早速、身仕度《みじたく》をはじめました。菊子さん、長屋の貧乏作家を訪問するのに、ぜいたくな身なりで行けると思って？　とてもできない。ある婦人団体の幹事さんたちが狐の襟巻をして、貧民窟の視察に行って問題を起したことがあったでしょう？　気をつけなければいけません。小説によると戸田さんは、着る着物さえなくて綿のはみ出たドテラ一枚きりなのです。そうして家の畳は破れて、新聞紙を部屋一ぱいに敷き詰めてその上に坐っておられるのです。そんなにお困りの家へ、私がこないだ新調したピンクのドレスなど着て行ったら、いたずらに戸田さんのご家族を淋しがらせ、恐縮させるばかりで失礼なことだと思ったのです。私は女学校時代のつぎはぎだらけのスカートに、それからやはり昔スキーの時に着た黄色いジャケツ。このジャケツは、もうすっかり小さくなって、両腕が肘ちかくまでにょっきり出るのです。袖口はほころびて、毛糸が垂れさがって、まず申し分のない代物《しろもの》なのです。戸田さんは毎年、秋になると脚気《かっけ》が起って苦しむということも小説で知っていましたので、私のベッドの毛布を一枚、風呂敷に包んで持って行くことにいたしました。毛布で脚をくるんで仕事をなさるように忠告したかったのです。私は、ママにかくれて裏口から、こっそり出ました。菊子さんもご存じでしょうが、私の前歯が一枚だけ義歯で取りはずしてできるので、私は電車の中でそれをそっと取りはずして、わざと醜い顔に作りました。戸田さんは、たしか歯がぼろぼろに欠けているはずですから、戸田さんに恥をかかせないように、安心させるように、私も歯の悪いところを見せてあげるつもりだったのです。髪もくしゃくしゃに乱して、ずいぶん醜いまずしい女になりました。弱い無智な貧乏人を慰めるのには、たいへんこまかい心使いがなければいけないものです。

戸田さんの家は郊外です。省線電車から降りて、交番で聞いて、わりに簡単に戸田さんの家を見つけました。菊子さん、戸田さんのお家は、長屋ではありませんでした。小さいけれども、清潔な感じの、ちゃんとした一戸構えの家でした。お庭も綺麗に手入されて、秋の薔薇が咲きそろっていました。すべて意外のことばかりでした。玄関をあけると、下駄箱の上に菊の花を活けた水盤が置かれていました。落ちついて、とても上品な奥様が出て来られて、私にお辞儀をいたしました。私は家を間違ったのではないかと思いました。

「あの、小説を書いておられる戸田さんは、こちらさまでございますか。」と、恐る恐るたずねてみました。

「はあ。」と優しく答える奥様の笑顔は、私にはまぶしかった。

「先生は、」思わず先生という言葉が出ました。「先生は、おいででしょうか。」

私は先生の書斎にとおされました。まじめな顔の男が、きちんと机の前に坐っていました。ドテラでは、ありませんでした。なんという布地か、私にはわかりませんけれど、濃い青色の厚い布地の袷に、黒地に白い縞が一本はいっている角帯をしめていました。

書斎は、お茶室の感じがしました。床の間には、漢詩の軸。私には、一字も読めませんでした。竹の籠には、蔦が美しく活《い》けられていました。机の傍には、とてもたくさんの本がうず高く積まれていました。

まるで違うのです。歯も欠けていません。頭も禿げていません。きりっとした顔をしていました。不潔な感じは、どこにもありません。この人が焼酎を飲んで地べたに寝るのかと不思議でなりませんでした。

「小説の感じと、お逢いした感じとまるでちがいます。」私は気を取り直して言いました。

「そうですか。」軽く答えました。あまり私に関心を持っていない様子です。

「どうして私のことをご存じになったのでしょう。それを伺いにまいりましたの。」私は、そんなことを言って、体裁《ていさい》を取りつくろってみました。

「なんですか？」ちっとも反応がありません。

「私が名前もかくしていたのに、先生は、見破ったじゃありませんか。先日お手紙を差し上げて、そのことを第一におたずねしたはずですけど。」

「僕はあなたのことなんか知っていませんよ。へんですね。」澄んだ眼で私の顔を、まっすぐに見て薄く笑いました。

「まあ！」私は狼狽しはじめました。「だって、そんなら、私のあの手紙の意味が、まるでわからなかったでしょうに、それを、黙っているなんて、ひどいわ。私を馬鹿だと思ったでしょうね。」

私は泣きたくなりました。私は何というひどい独り合点《がてん》をしていたのでしょう。滅っ茶、滅茶。菊子さん。顔から火が出る。なんて形容はなまぬるい。草原をころげ廻って、わあっと叫びたい、と言っても未だ足りない。

「それでは、あの手紙を返して下さい。恥ずかしくていけません。返して下さい。」

戸田さんは、まじめな顔をしてうなずきました。怒ったのかもしれません。ひどい奴だ、と呆れたのでしょう。

「捜してみましょう。毎日の手紙をいちいち保存しておくわけにもいきませんから、もう、なくなっているかもしれませんが、あとで、家の者に捜させてみます。もし、見つかったら、お送りしましょう。二通でしたか?」

「二通です。」みじめな気持。

「何だか、僕の小説が、あなたの身の上に似ていたそうですが、僕は小説には絶対にモデルを使いません。全部フィクションです。だいいち、あなたの最初のお手紙なんか。」ふっと口を噤《つぐ》んで、うつむきました。

「失礼いたしました。」私は歯の欠けた、見すぼらしい乞食娘だ。小さすぎるジャケツの袖口は、ほころびている。紺のスカートは、つぎはぎだらけだ。私は頭のてっぺんから足の爪先まで、軽蔑されている。小説家は悪魔だ！　嘘つきだ！　貧乏でもないのに極貧の振りをしている。立派な顔をしているくせに、醜貌だなんて言って同情を集めている。うんと勉強しているくせに、無学だなんて言ってとぼけている。奥様を愛しているくせに、毎日、夫婦喧嘩だと吹聴《ふいちょう》している。くるしくもないのに、つらいような身振りをしてみせる。私は、だまされた。だまってお辞儀して、立ち上り、

「ご病気は、いかがですか？　脚気だとか。」

「僕は健康です。」

私はこの人のために毛布を持ってきたのだ。また、持って帰ろう。菊子さん、あまりの恥ずかしさに、私は毛布の包みを抱いて帰る途々《みちみち》、泣いたわよ。毛布の包みに顔を押しつけて泣いたわよ。自動車の運転手に、馬鹿野郎！　気をつけて歩けって怒鳴られた。

二、三日経ってから、私のあの二通の手紙が大きい封筒にいれられて書留郵便でとどけられました。私には、まだ、かすかに一縷《いちる》の望みがあったのでした。もしかしたら、私の恥を救ってくれるような佳い言葉を、先生から書き送られてくるのではあるまいか。この大きい封筒には、私の二通の手紙の他に、先生の優しい慰めの手紙もはいっているのではあるまいか。私は封筒を抱きしめて、それから祈って、それから開封したのです

が、からっぽ。私の二通の手紙の他には、何もはいっていませんでした。もしや、私の手紙のレターペーパーの裏にでも、いたずら書きのようにして、何か感想でもお書きになっていないかしらと、いちまい、いちまい、私は私の手紙のレターペーパーの裏も表も、ていねいに調べてみましたが、何も書いていなかった。この恥ずかしさ。おわかりでしょうか。頭から灰でもかぶりたい。私は十年も、としをとりました。小説家なんて、つまらない。人の屑だわ。嘘ばっかり書いている。ちっともロマンチックではないんだもの。普通の家庭に落ちついて、そうして薄汚い身なりの、前歯の欠けた娘を、冷く軽蔑して見送りもせず、永遠に他人の顔をして澄ましていようというんだから、すさまじいや。あんなの、インチキというんじゃないかしら。

日の出前

昭和のはじめ、東京の一家庭に起った異常な事件である。四谷区某町某番地に、鶴見仙之助というやや高名の洋画家がいた。その頃すでに五十歳を越えていた。東京の医者の子であったが、若い頃フランスに渡り、ルノアルという巨匠に師事して洋画を学び、帰朝して日本の画壇において、かなりの地位を得ることができた。夫人は陸奥の産である。教育者の家に生れて、父が転任を命じられるたびごとに、一家も共に移転して諸方を歩いた。その父が東京のドイツ語学校の主事として栄転してきたのは、夫人の十七歳の春であった。間もなく、世話する人があって、新帰朝の仙之助氏と結婚した。一男一女をもうけた。勝治と、節子である。その事件のおこった時は、勝治二十三歳、節子十九歳の盛夏である。

事件はすでに、その三年前から萌芽していた。仙之助氏と勝治の衝突である。仙之助氏は、小柄で、上品な紳士である。若い頃には、かなりの毒舌家《どくぜつか》だったらしいが、いまは、まるで無口である。家族の者とも、日常ほとんど話をしない。用事のある時だけ、低い声で、静かに言う。むだ口は、言うのも聞くのも、きらいなようである。煙草は吸うが、酒は飲まない。アトリエと旅行。仙之助氏の生活の場所は、その二つだけのように見えた。けれども画壇の一部においては、鶴見はいつも金庫の傍で暮している、という奇妙な囁きも交されているらしく、とすると仙之助氏の生活の場所も合計三つになるわけであるが、そのような囁きは、貧困で自堕落な画家の間にだけもっぱら流行している様子で、れいのヒステリイの復讐的な嘲笑に過ぎないらしいところもあるので、そのまま信用することもできない。とにかく世間一般は、仙之助氏を相当に尊敬していた。

勝治は父に似ず、からだも大きく、容貌も鈍重な感じで、そうしてやたらに怒りっぽく、芸術家の天分とでもいうようなものは、それこそ爪の垢ほどもなく、幼い頃から、ひどく犬が好きで、中学校の頃には、闘犬を二匹も養っていたことがあった。強い犬が好きだった。犬に飽きてきたら、こんどは自分で拳闘に凝り出した。中学で二度も落第して、やっと卒業した春に、父と乱暴な衝突をした。父はそれまで、勝治のことについては、ほとんど放任しているように見えた。母だけが、勝治の将来について気をもんでいるように見えた。けれども、こんど、勝治の卒業を機として、父が勝治にどんな生活方針を望んでいたのか、その全部が露呈せられた。まあ、普通の暮しである。けれども、少し頑固すぎたようでもある。医者になれ、というのである。そうして、その他のものは絶対にいけない。医者に限る。最も容易に入学できる医者の学校を選んで、その学校へ、二度でも三度でも、入学できるまで受験を続けよ、それが勝治の最善の路だ、理由は言わぬが、あとになって必ず思い当ることがあると、母を通じて勝治に宣告した。これに対して勝治の希望は、あまりにも、かけ離れていた。

勝治は、チベットへ行きたかったのだ。なぜ、そのような冒険を思いついたか、あるいは少年雑誌で何か読んで強烈な感激を味《あじわ》ったのか、はっきりしないが、とにかく、チベットへ行くのだという希望だけは牢固として抜くべからざるものがあった。両者の意《い》嚮《こう》の間には、あまりにもひどい懸隔《けんかく》があるので、母は狼狽した。チベットは、いかになんでも唐突すぎる。母はまず勝治に、その無思慮な希望を放棄してくれるように歎願した。頑《がん》として聞かない。チベットへ行くのは僕の年来の理想であって、中学時代に学業よりも主として身体の鍛錬に努めてきたのも実はこのチベット行のためにそなえていたのだ、人間は自分の最高と信じた路に雄飛しなければ、生きていても屍《しかばね》同然である、お母さん、人間はいつか必ず死ぬものです、自分の好きな路に進んで、努力してそうして中途でたおれたとて、僕は本望です、と大きい男がからだを震わせ、熱い涙を流して言い張る有様には、さすがに少年の純粋な一すじの情熱も感じられて、可憐《かれん》でさえあった。母は当惑するばかりである。いまはもう、いっそ、母のほうで、そのチベットとやらの十万億土へ行ってしまいたい気持である。どのように言ってみても、勝治は初志をひるがえさず、ひるがえすどころか、いよいよ自己の悲壮の決意を固めるばかりである。母は窮した。まっくらな気持で、父に報告した。けれども流石《さすが》に、チベットとは言い出しかねた。満洲へ行きたいそうでございますが、と父に告げた。父は表情を変えずに、少し考えた。答は、実に案外であった。

「行ったらいいだろう。」

そう言ってパレットを持ち直し、

「満洲にも医学校はある。」

これでは問題が、さらにややこしくなったばかりで、なんにもならない。母はいまさら、チベットとは言い直しかねた。そのまま引きさがって、勝治に向い、チベットは諦めて、せめて満洲の医学校、くらいのところで堪忍してくれぬか、といまは必死の説服に努めてみたが、勝治は風馬牛《ふうばぎゅう》である。ふんと笑って、満洲なら、クラスの相馬君も、それから辰ちゃんだって行くと言ってた、満洲なんて、あんなヘナチョコどもが行くのにちょうどよい所だ、神秘性がないじゃないか、僕はなんでもチベットへ行くのだ、日本で最初の開拓者になるのだ、羊を一万頭も飼って、それから、などと幼い空想をとりとめもなく言い続ける。母は泣いた。

とうとう、父の耳にはいった。父は薄笑いして、勝治の目前で静かに言い渡した。

「低能だ。」

「なんだっていい。僕は行くんだ。」

「行ったほうがよい。歩いて行くのか。」

「ばかにするな！」勝治は父に飛びかかって行った。これが親不孝のはじめ。

チベット行は、うやむやになったが、勝治は以来、恐るべき家庭破壊者として、そろそろ、その兇悪な風格を表わしはじめた。医者の学校へ受験したのか、しないのか、（勝治は受験したと言っている）また、次の受験にそなえて勉強しているのか、どうか、（勝治は、勉強しているさ、と言っている）まるで当てにならない。勝治の言葉を信じかねて、食事の時、母がうっかり、「本当？」と口を滑らせたばかりに、ざぶりと味噌汁を頭から浴びせられた。

「ひどいわ。」朗らかに笑って言って素早く母の髪をエプロンで拭いてやり、なんでもないようにその場を取りつくろってくれたのは、妹の節子である。未だ女学生である。この頃から、節子の稀有《けう》の性格が登場する。

勝治の小遣銭は一月三十円、節子は十五円、それは毎月きまって母から支給せられる額である。勝治には、足りるわけがない。一日でなくなることもある。何に使うのか、それは後でだんだんわかってくるのであるが、勝治は、はじめは、「わかってるじゃねえか、必要な本があるんだよ」と言っていた。小遣銭を支給されたその日に、勝治はぬっと節子に右手を差し出す。節子は、うなずいて、兄の大きい掌に自分の十円紙幣を載せてやる。それだけで手を引込めることもあるがなおも黙って手を差し出したままでいることもある。節子は一瞬泣きべそに似た表情をするが、無理に笑って、残りの五円紙幣をも勝治の掌に載せてやる。

「サアンキュー」勝治はそう言う。節子のお小遣は一銭も残らぬ。節子は、その日から、やりくりをしなければならぬ。どうしても、やりくりのつかなくなった時には、仕方がない、顔を真赤にして母にたのむ。母は言う。

「勝治ばかりか、お前まで、そんなに金使いが荒くては。」

節子は弁解をしない。

「大丈夫。来月は、だいじょうぶ。」と無邪気な口調で言う。

その頃は、まだよかったのだ。節子の着物がなくなりはじめた。いつのまにやら箪笥《たんす》から、すっと姿を消している。はじめ、まだ一度も袖をとおさぬ訪問着が、すっとなくなっているのに気附いた時には、さすがに節子も顔色を変えた。母に尋ねた。母は落ちついて、着物がひとりで出歩くものか、捜してごらん、と言った。節子は、でも、と言いかけて口を噤んだ。廊下に立っている勝治を見たのだ。兄は、ちらと節子に目くばせをした。いやな感じだった。節子は再び箪笥を捜して、

「あら、あったわ。」と言った。

二人きりになった時、節子は兄に小声で尋ねた。

「売っちゃったの?」

「わしゃ知らん。」タララ、タ、タタタ、廊下でタップ・ダンスの稽古をして、「返さない男じゃねえよ。我慢しろよ。ちょっとの間じゃねえか。」

「きっとね?」

「あさましい顔をするなよ。告げ口したら、ぶん殴る。」

悪びれた様子もなかった。節子は、兄を信じた。その訪問着は、とうとうかえってこなかった。その訪問着だけでなく、その後も着物が二枚三枚、箪笥から消えていくのだ。節子は、女の子である。着物を、皮膚と同様に愛惜している。その着物が、すっと姿を消しているのを発見するたびごとに、肋骨を一本失ったみたいな堪えがたい心細さを覚える。生きて甲斐《かい》ない気持がする。けれどもいまは、兄を信じて待っているより他はな

い。あくまでも、兄を信じようと思った。

「売っちゃ、いやよ。」それでも時々、心細さのあまり、そっと勝治に囁くことがある。

「馬鹿野郎。おれを信用しねえのか。」

「信用するわ。」

信用するより他はない。節子には、着物を失った淋しさの他に、もしこのことが母に勘附かれたらどうしようという恐ろしい不安もあった。二、三度、母に対して苦しい言いのがれをしたこともあった。

「矢絣《やがすり》の銘仙《めいせん》があったじゃないか。あれを着たら、どうだい?」

「いいわよ、いいわよ。これでいいの。」心の内は生死の境だ。危機一髪である。

姿を消した自分の着物が、どんなところへ持ち込まれているのか、少しずつ節子にもわかってきた。質屋というものの存在、機構を知ったのだ。どうしてもその着物を母のお目にかけなければならぬ窮地におちいった時には、苦心してお金を都合して兄に手渡す。勝治は、オーライなどと言って、のっそり家を出る。着物を抱えてすぐに帰ってくることもあれば、深夜、酔って帰ってきて、「すまねえ」なんて言って、けろりとしていることもある。後になって、節子は、兄に教わって、ひとりで質屋へ着物を受け出しに行くようにさえなった。お金がどうしても都合できず、他の着物を風呂敷に包んで持って行って、質屋の倉庫にある必要な着物と交換してもらう術《すべ》なども覚えた。

勝治は父の画を盗んだ。それは、あきらかに勝治の所業であった。その画は小さいスケッチ版ではあったが、父の最近の佳作の一つであった。父の北海道旅行の収穫である。およそ二十枚くらい画いてきたのだが、仙之助氏には、その中でもこの小さい雪景色の画だけが、ちょっと気にいっていたので、他の二十枚ほどの画は、すぐに画商に手渡しても、その一枚だけは手許に残して、アトリエの壁に掛けておいた。勝治は平気でそれを持ち出した。捨て値でも、百円以上には、売れたはずである。

「勝治、画はどうした。」二、三日経って、夕食の時、父がポツンと言った。わかっていたらしい。

「なんですか。」平然と反問する。みじんも狼狽の影がない。

「どこへ売った。こんどだけは許す。」

「ごちそうさん。」勝治は箸をぱちっと置いてお辞儀をした。立ち上って隣室へ行き、うたはトチチリチン、と歌った。父は顔色を変えて立ち上りかけた。

「お父さん！」節子はおさえた。「誤解だわ、誤解だわ。」

「誤解？」父は節子の顔を見た。「お前、知ってるのか。」

「え、いいえ。」節子には、具体的なことは、わからなかった。けれども、およその見当はついた。「私が、お友達にあげちゃったの。そのお友達は、永いこと病気なの。だから、ね——」やっぱり、しどろもどろになってしまった。

「そうか。」父にはもちろん、その嘘がわかっていた。けれども節子の懸命な声に負けた。「わるい奴だ。」と誰にともなく言って、また食事をつづけた。節子は泣いた。母も、うなだれていた。

節子には、兄の生活内容が、ほぼ、わかってきた。兄には、わるい仲間がいた。たくさんの仲間のうち、特に親しくしているのが三人あった。

風間七郎。この人は、大物であった。勝治は、その受験勉強の期間中、仮にT大学の予科に籍を置いていたが、風間七郎は、そのT大学の予科の謂わば主《ぬし》であった。年齢もかれこれ三十歳に近い。背広を着ていることの方が多かった。額の狭い、眼のくぼんだ、口の大きい、いかにも精力的な顔をしていた。風間という勅選議員の甥だそうだが、あてにならない。ほとんど職業的な悪漢である。言うことが、うまい。

「チルチル（鶴見勝治の愛称である）もうそろそろ足を洗ったらどうだ。鶴見画伯のお坊ちゃんが、こんな具合いじゃ、いたましくて仕様がない。おれたちに遠慮は要らないぜ。」思案深げに、しんみり言う。

チルチルなるもの、感奮一番せざるを得ない。水臭いな、親爺《おやじ》は親爺、おれはおれさ、ザマちゃん（風間七郎の愛称である）お前ひとりを死なせないぜ、などという馬鹿なことを言って、さらにさらに風間とその一党に対して忠誠を誓うのである。

風間は真面目な顔をして勝治の家庭にまで乗り込んでくる。頗《すこぶ》る礼儀正しい。目当は節子だ。節子は未だ女学生であったが、なりも大きく、顔は兄に似ず端麗であった。節子は兄の部屋へ紅茶を持って行く。風間は真白い歯を出して笑って、コンチハ、と言う。すがすがしい感じだった。

「こんないい家庭にいて、君、」と隣室へさがって行く節子に聞える程度の高い声で、「勉強しないって法はないね。こんど僕は、ノオトを都合してやるから勉強し給え。」と言う。

勝治は、にやにや笑っている。

「本当だぜ！」風間は、ぴしりと言う。

勝治は、あわてふためき、

「うん、まあ、うん、やるよ。」と言う。

鈍感な勝治にも、少しは察しがついてきた。節子を風間に取りもってやるような危険な態度を表わしはじめた。みつぎものとして、差し上げようという考えらしい。風間がやって来ると用事もないのに節子を部屋に呼んで、自分はそっと座をはずす。馬鹿げたことだ。夜おそく、風間を停留場まで送らせたり、新宿の風間のアパートへ、用もない教科書などをとどけさせたりする。節子は、いつも兄の命令に従った。兄の言によれば、風間は、お金持のお坊ちゃんで秀才で、人格の高潔な人だという。兄の言葉を信じるより他はない。事実、節子は、風間をたよりにしていたのである。

アパートへ教科書をとどけに行った時、

「や、ありがとう。休んでいらっしゃい。コーヒーをいれましょう。」気軽な応対だった。

節子は、ドアの外に立ったまま、

「風間さん、私たちをお助け下さい。」あさましいまでに、祈りの表情になっていた。

風間は興覚めた。よそうと思った。

さらに一人、杉浦透馬。これは勝治にとって、最も苦手《にがて》の友人だった。けれども、どうしても離れることができなかった。そのような交友関係は人生にままある。けれども杉浦と勝治の交友ほど滑稽で、無意味なものも珍らしいのである。杉浦透馬は、苦学生である。T大学の夜間部にかよっていた。マルキシストである。実際かどうか、それは、わからぬが、とにかく、当人は、だいぶ凄いことを言っていた。その杉浦透馬に、勝治は見込まれてしまったというわけである。

生来、理論の不得意な勝治は、ただ、閉口するばかりであった。けれども勝治は、杉浦透馬を拒否することは、どうしてもできなかった。謂わば蛇に見込まれた蛙の形で、這いつくばったきりで身動きも何もできないのである。あまりいい図ではなかった。このことについては、三つの原因が考えられる。生活において何不足なく、ゆたかに育った青年は、極貧の家に生れて何もかも自力で処理して立っている青年を、ほとんど本能的に畏怖しているものである。次に考えられるのは、杉浦透馬が酒も煙草もいっさい口にしないという点である。勝治は、酒、煙草はもちろんのこと、すでに童貞をさえ失っていた。放縦《ほうじゅう》な生活をしている者は、かならずストイックな生活にあこがれている。そうして、ストイックな生活をしている人を、けむったく思いながらも、拒否できず、おっかなびっくり、やたらに自分を卑下してだらだら交際を続けているものである。三つには、杉浦透馬に見込まれたという自負である。見込まれて狼狽閉口《ろうばいへいこう》していながらも、杉浦君のような高潔な闘士に、「鶴見君は有望だ」なぞと言われると、内心まんざらでないところもあったのである。何がどう有望なのか、勝治には、わけがわからなかったのであるが、とにかく、今の勝治を、まじめにほめてくれる友人は、この杉浦透馬ひとりしかないのである。この杉浦にさえ見はなされたら、ずいぶん淋しいことになるだろうと思えば、いよいよ杉浦から離れられなくなるのである。杉浦は実に能弁の人であった。トランクなどをさげて、夜おそく勝治の家の玄関に現われ、「どうも、また、僕の身辺が危険になってきたようだ。誰かに尾行されているような気もするから、君、ちょっと、家のまわりを探ってきてみてくれないか。」と声をひそめて言う。勝治は緊張して、そっと庭のほうから外へ出て家のぐるりを見廻り、「異状ないようです。」と小声で報告する。「そうか、ありがとう。もう僕も、今夜かぎりで君と逢えないかもしれませんが、けれども一身の危険よりも僕にはプロパガンダのほうが重大事です。逮捕される一瞬前まで、僕はプロパガンダを怠ることができない。」やはり低い声で、けれども一語の遅滞《ちたい》もなく、滔々《とうとう》と述べはじめる。けれども、杉浦の真剣な態度が、なんだかこわい。あくびを噛み殺して、「然《しか》り、然り」などと言っている。杉浦は泊っていくこともある。外へ出ると危険だというのだから、仕様がない。帰る時には、党の費用だといって、十円、二十円を請求する。泣きの涙で手渡してやると、「ダンケ」と言って帰って行く。

さらに一人、実に奇妙な友人がいた。有原修作。三十歳を少し越えていた。新進作家だということである。あまり聞かない名前であるが、とにかく、新進作家だそうである。勝治は、この有原を「先生」と呼んでいた。風間七郎から紹介されて相知ったのである。

風間たちが有原を「先生」と呼んでいたので、勝治も真似をして先生と呼んでいただけの話である。勝治には、小説界のことは、何もわからぬ。風間たちが、有原を天才だと言って、一目《いちもく》置いている様子であったから、勝治もまた有原を人種のちがった特別の人として大事に取り扱っていたのである。有原は不思議なくらい美しい顔をしていた。からだつきも、すらりとして気品があった。薄化粧していることもある。酒はいくらでも飲むが、女には無関心なふうを装っていた。どんな生活をしているのか、住所は絶えず変って、一定していないようであった。この男が、どういうわけか、勝治を傍にひきつけて離さない。王様が黒人の力士を養って、退屈な時のなぐさみものにしているような図と甚《はなは》だ似ていた。

「チルチルは、ピタゴラスの定理って奴を知ってるかい。」

「知りません。」勝治は、少ししょげる。

「君は、知っているんだ。言葉で言えないだけなんだ。」

「そうですね。」勝治は、ほっとする。

「そうだろう？　定理ってのは皆そんなものなんだ。」

「そうでしょうか。」お追従笑《ついしょう》いなどをして、有原の美しい顔を、ほれぼれと見上げる。

勝治に圧倒的な命令を下して、仙之助氏の画を盗み出させたのも、こいつだ。本牧《ほんもく》に連れていって勝治に置いてきぼりを食らわせたのも、こいつだ。勝治がぐっすり眠っている間に、有原はさっさとひとりで帰ってしまったのである。勝治は翌る日、勘定の支払いに非常な苦心をした。おまけにその一夜のために、始末のわるい病気にまでかかった。忘れようとしても、忘れることができない。けれども勝治は、有原から離れることができない。有原には、へんなプライドみたいなものがあって、決してよその家庭には遊びに行かない。たいてい電話で勝治を呼び出す。

「新宿駅で待ってるよ。」

「はい。すぐ行きます。」やっぱり出かける。

勝治の出費は、かさむばかりである。ついには、女中の松やの貯金まで強奪《ごうだつ》するようにさえなった。台所の隅で、松やはそのことをお嬢さんの節子に訴えた。節子は自分の耳を疑った。

「何を言うのよ。」かえって松やを、ぶってやりたかった。「兄さんは、そんな人じゃないわ。」

「はい。」松やは奇妙な笑いを浮べた。はたちを過ぎている。「お金はどうでも、よござんすけど、約束、――」

「約束?」なぜだか、からだが震えてきた。

「はい。」小声で言って眼を伏せた。

ぞっとした。

「松や、私は、こわい。」節子は立ったままで泣き出した。

松やは、気の毒そうに節子を見て、

「大丈夫でございます。松やは、旦那様にも奥様にも申し上げませぬ。お嬢様おひとり、胸に畳んでおいて下さいまし。」

松やも犠牲者のひとりであった。強奪せられたのは、貯金だけではなかったのだ。

勝治だって、苦しいに違いない。けれども、この小暴君は、詫びるという法を知らなかった。詫びるというのは、むしろ大いに卑怯なことだと思っていたようである。自分で失敗をやらかすたびごとに、かえって、やたらに怒るのである。そうして、怒られる役は、いつでも節子だ。

ある日、勝治は、父のアトリエに呼ばれた。

「たのむ！」仙之助氏は荒い呼吸をしながら、「画を持ち出さないでくれ！」

アトリエの隅に、うず高く積まれてある書き損じの画の中から、割合い完成せられてある画を選び出して、二枚、三枚と勝治は持ち出していたのである。

「僕がどんな人だか、君は知っているのですか？」父はこのごろ、わが子の勝治に対して、へんに他人行儀のものの言いかたをするようになっていた。「僕は自分を、一流の芸術家のつもりでいるのだ。あんな書き損じの画が一枚でも市場に出たら、どんな結果になるか、君は知っていますか？　僕は芸術家です。名前が惜しいのです。たのむ。もう、いい加減にやめてくれ！」声をふるわせて言っている仙之助氏の顔は、冷い青い鬼のように見えた。さすがの勝治もからだが竦《すく》んだ。

「もういたしません。」うつむいて、涙を落した。

「言いたくないことも言わなければいけませんが、」父は静かな口調にかえって、そっと立ち上り、アトリエの大きい窓をあけた。すでに初夏である。「松やを、どうするのですか？」

勝治は仰天《ぎょうてん》した。小さい眼をむき出して父を見つめるばかりで、言葉が出なかった。

「お金をかえして、」父は庭の新緑を眺めながら、「ひまを出します。結婚の約束をしたそうですが、」幽かに笑って、「まさか君も、本気で約束したわけじゃないでしょう？」

「誰が言ったんです！　誰が！」やにわに勝治は、われがねのごとき大声を発した。「ちくしょう！」どんと床を蹴って、「節子だな？　裏切りやがって、ちくしょうめ！」

恥ずかしさが極点に達すると勝治はいつも狂ったみたいに怒るのである。怒られる相手は、きまって節子だ。風のごとくアトリエを飛び出し、ちくしょうめ！　ちくしょうめ！　を連発しながら節子を捜し廻り、茶の間で見つけて滅茶苦茶にぶん殴った。「ごめんなさい、兄さん、ごめん。」節子が告げ口したのではない。父がひとりで、いつのまにやら調べあげていたのだ。

「馬鹿にしていやがる。ちくしょうめ！」引きずり廻して蹴たおして、自分もめそめそ泣き出して、「馬鹿にするな！　馬鹿にするな！　兄さんは、な、こう見えたって、人から奢《おご》られたことなんかただの一度だってねえんだ。」意外な自慢を口走った。ひとに遊興費を支払わせたことが一度もないというのが、この男の生涯における唯一の必死のプライドだったとは、あわれな話であった。

松やは解雇せられた。勝治の立場は、いよいよ、まずいものになった。勝治は、ほとんど家にいつかなかった。二晩も三晩も、家に帰らないことは、珍らしくなかった。麻雀賭博で、二度も警察に留置せられた。喧嘩して、衣服を血だらけにして帰宅することも時々あった。節子の箪笥に目ぼしい着物がなくなったと見るや、こんどは母のこまごました装身具を片端から売り払った。父の印鑑を持ち出して、いつの間にやら家の電話を抵当にして金を借りていた。月末になると、近所の蕎麦《そば》屋、寿司《すし》屋、小料理屋などから、かなり高額の勘定書がとどけられた。一家の空気は険悪になるばかりであった。このままでこの家庭が、平静に帰するわけはなかった。何か事件が、起らざるをえなくなっていた。

真夏に、東京郊外の、井の頭《いがしら》公園で、それが起った。その日のことは、少しくわしく書きしるさなければならぬ。朝早く、節子に電話がかかってきた。節子は、ちらと不吉なものを感じた。

「節子さんでございますか。」女の声である。

「はい。」少し、ほっとした。

「ちょっとお待ちください」

「はあ。」また、不安になった。

しばらくして、

「節子かい。」と男の太い声。

やっぱり勝治である。勝治は三日ほど前に家を出て、それっきりだったのである。

「兄さんが牢へはいってもいいかい?」突然そんなことを言った。「懲役《ちようえき》五年だぜ。こんどは困ったよ。たのむ。二百円あれば、たすかるんだ。わけは後で話す。兄さんも、改心したんだ。本当だ。改心したんだ、改心したんだ。最後の願いだ。一生の願いだ。二百円あれば、たすかるんだ。なんとかして、きょうのうちに持って来てくれ。井の頭公園の、な、御殿山の、宝亭というところにいるんだ。すぐわかるよ。二百円できなければ、百円でも、七十円でも、な、きょうのうちに、たのむ。待ってるぜ。兄さんは、死ぬかもしれない。」酔っているようであったが、語調には切々たるものがあった。節子は、震えた。

二百円。できるわけはなかった。けれども、なんとかして作ってやりたかった。もう一度、兄を信頼したかった。これが最後だ、と兄さんも言っている。兄さんは、死ぬかもしれないのだ。兄さんは、可哀そうなひとだ。根からの悪人ではない。悪い仲間にひきずられているのだ。私はもう一度、兄さんを信じたい。

箪笥を調べ、押入れに頭をつっこんで捜してみても、お金になりそうな品物は、もはや一つもなかった。思い余って、母に打ち明け、懇願した。

母は驚愕した。ひきとめる節子をつきとばし、思慮を失った者のごとく、ああああと叫びながら父のアトリエに駈け込み、べたりと板の間に坐った。父の画伯は、画筆を捨てて立ち上った。

「なんだ。」

母はどもりながらも電話の内容の一切を告げた。聞き終った父は、しゃがんで画筆を拾い上げ、再び画布の前に腰をおろして、

「お前たちも、馬鹿だ。あの男のことは、あの男ひとりに始末させたらいい。懲役なん

て、嘘です。」

母は、顔を伏せて退出した。

夕方まで、家の中には、重苦しい沈黙が続いた。電話も、あれっきりかかってこない。

節子には、それがかえって不安であった。堪えかねて、母に言った。

「お母さん！」小さい声だったけれど、その呼びかけは母の胸を突き刺した。

母は、うろうろしはじめた。

「改心すると言ったのだね？　きっと、改心すると、そう言ったのだね？」

母は小さく折り畳んだ百円紙幣を節子に手渡した。

「行っておくれ。」

節子はうなずいて身仕度をはじめた。節子はそのとしの春に、女学校を卒業していた。粗末なワンピースを着て、少しお化粧して、こっそり家を出た。

井の頭。もう日が暮れかけていた。公園にはいると、カナカナ蟬の声が、降るようだった。御殿山。宝亭は、すぐにわかった。料亭と旅館を兼ねた家であって、老杉に囲まれ、古びて堂々たる構えであった。出てきた女中に、鶴見がいますか、妹が来たと申し伝えて下さい、と怯《お》じずに言った。やがて廊下に、どたばた足音がして、

「やあ、図星《ずぼし》なり、図星なり。」勝治の大きな声が聞えた。ひどく酔っているらしい。

「白状すれば妹には非ず。恋人なりき。」まずい冗談である。

節子は、あさましく思った。このまま帰ろうかと思った。ランニングシャツにパンツという姿で、女中の肩にしなだれかかりながら勝治は玄関にあらわれた。

「よう、わが恋人。逢いたかった。いざ、まず。いざ、まず。」なんという不器用な、しつっこいお芝居なんだろう。節子は顔を赤くして、そうして仕方なしに笑った。靴を脱ぎながら、堪えられぬまでに悲しかった。こんどもまた、兄に、だまされてしまったのではなかろうかと、ふと思った。

けれども二人ならんで廊下を歩きながら、

「持ってきたか。」と小声で言われて、すぐに、れいの紙幣を手渡した。

「一枚か。」兇暴な表情に変った。

「ええ。」声を出して泣きたくなった。

「仕様がねえ。」太い溜息をついて、「ま、なんとかしよう。節子、きょうはゆっくりしていけよ。泊っていってもいいぜ。淋しいんだ。」

勝治の部屋は、それこそ杯盤狼藉《はいばんろうぜき》だった。隅に男がひとりいた。節子は立ちすくんだ。

「メッチェンの来訪です。わが愛人。」と勝治はその男に言った。

「妹さんだろう?」相手の男は勘がよかった。有原である。「僕は、失敬しよう。」

「いいじゃないですか。もっとビールを飲んで下さい。いいじゃないですか。資金は、たっぷりです。あ、ちょっと失礼。」勝治は、れいの紙幣を右手に握ったままで姿を消した。

節子は、壁際に、からだを固くして坐った。節子は知りたかった。兄がいったい、どのような危い瀬戸際《せとぎわ》に立っているのか、それを聞かぬうちは帰られないと思っていた。有原は、節子を無視して、黙ってビールを飲んでいる。

「何か、」節子は、意を決して尋ねた。「起ったのでしょうか。」

「え?」振り向いて、「知りません。」平然たるものだった。

しばらくして、

「あ、そうですか。」うなずいて、「そう言えば、きょうのチルチルは少し様子が違いますね。僕は、本当に、何もわからんのです。この家は、僕たちがちょいちょい遊びにやってくるところなのですが、さっき僕がふらとここへ立ち寄ったら、かれはひとりでもうひどく酔っぱらっていたのです。二、三日前からここに泊り込んでいたらしいですね。僕は、きょうは、偶然だったのです。本当に、何も知らないのです。でも、何かあるようですね。」にこりともせず、落ちつき払ってそういう言葉には、嘘があるようにも思えなかった。

「やあ、失敬、失敬。」勝治は帰ってきた。れいの紙幣が、もう右手にないのを見て、節子には何か、わかったような気がした。

「兄さん！」いい顔は、できなかった。「帰るわ。」

「散歩でもしてみますか。」有原は澄ました顔で立ち上った。月夜だった。半虧《かけ》の月が、東の空に浮んでいた。薄い霧が、杉林の中に充満していた。三人は、その下を縫って歩いた。勝治は、相変らずランニングシャツにパンツという姿で、月夜ってのは、つまらねえものだ、夜明けだか、夕方だか、真夜中だか、わかりゃしねえ、などと呟き、昔コイシイ銀座ノ柳イ、と吹鳴るようにして歌った。有原と節子は、黙ってついて歩いて行く。有原も、その夜は、勝治をれいのように揶揄《やゆ》することもせず、妙に考え込んで歩いていた。

老杉の蔭から白い浴衣を着た小さい人が、ひょいとあらわれた。

「あ、お父さん！」節子は、戦慄《せんりつ》した。

「へええ。」勝治も唸った。

「散歩だ。」父は少し笑いながら言った。それから、ちょっと有原のほうへ会釈《えしやく》して、「むかしは僕たちも、よくこの辺に遊びにきたものです。久しぶりで散歩にきてみたが、昔とそんなに変ってもいないようだね。」

けれども、気まずいものだった。それっきり言葉もなく、四人は、あてもなくそろそろと歩きはじめた。沼のほとりに来た。数日前の雨のために、沼の水量は増していた。水面はコールタールみたいに黒く光って、波一つ立たずひっそりと静まりかえっている。岸にボートが一つ乗り捨てられてあった。

「乗ろう！」勝治は、わめいた。てれかくしに似ていた。「先生、乗ろう！」

「ごめんだ。」有原は、沈んだ声で断った。

「ようし、それでは拙者《せっしゃ》がひとりで。」と言いながら危い足どりでその舟に乗り込み、「ちゃんとオールもございます。沼を一まわりして来るぜ。」騎虎《きこ》の勢いである。

「僕も乗ろう。」動きはじめたボートに、ひらりと父が飛び乗った。

「光栄です。」と勝治が言って、ピチャとオールで水面をたたいた。すっとボートが岸をはなれる。また、ピチャとオールの音。舟はするする滑って、そのまま小島の蔭の暗闇に吸い込まれて行った。トトサン、御無事デ、エエ、マタア、カカサンモ。勝治の酔いどれた歌声が聞えた。

節子と有原は、ならんで水面を見つめていた。

「また兄さんに、だまされたような気がいたします。七度《ななたび》の七十倍、というと、――」

「四百九十回です。」だしぬけに有原が、言い継いだ。「まず、五百回です。おわびをしなければ、いけません。僕たちも悪かったのです。鶴見君を、いいおもちゃにしていました。お互い尊敬し合っていない交友は、罪悪だ。僕はお約束できると思うんだ。鶴見君を、いい兄さんにして、あなたへお返しいたします。」

信じていい、生真面目《きまじめ》な口調であった。

パチャとオールの音がして、舟は小島の蔭からあらわれた。舟には父がひとり。するする水面を滑って、コトンと岸に突き当った。

「兄さんは？」

「橋のところで上陸しちゃった。ひどく酔っているらしいね。」父は静かに言って、岸に上った。「帰ろう。」

節子はうなずいた。

翌朝、勝治の死体は、橋の杙《くい》の間から発見せられた。

勝治の父、母、妹、みんな一応取調べを受けた。有原も証人として召喚せられた。勝治の泥酔《でいすい》の果の墜落か、または自殺か、いずれにしても、事件は簡単に片づくように見えた。けれども、決着の土壇場《どたんば》に、保険会社から横槍《よこやり》が出た。事件の再調査を申請してきたのである。その二年前に、勝治は生命保険に加入していた。受取人は仙之助氏になっていて、額は二万円を越えていた。この事実は、仙之助氏の立場を甚だ不利にした。検事局は再調査を開始した。世人はひとしく仙之助氏の無辜《むこ》を信じていたし、当局でも、まさか、鶴見仙之助氏ほどの名士が、愚かな無法の罪を犯したとは思っていなかったようであるが、ひとり保険会社の態度が頗《すこぶ》る強硬だったので、とにかく、再び、綿密な調査を開始したのである。

父、母、妹、有原、共に再び呼び出されて、こんどは警察に留置せられた。取調べの進行とともに、松やも召喚せられた。風間七郎は、その大勢の子分と一緒に検挙せられた。杉浦透馬もT大学の正門前で逮捕せられた。仙之助氏の陳述も乱れはじめた。事件は、意外にも複雑におそろしくなってきたのである。けれども、この不愉快な事件の顚《てん》末《まつ》を語るのが、作者の本意ではなかったのである。作者はただ、次のような一少女の不思議な言葉を、読者にお伝えしたかったのである。

節子は、誰よりも先きに、まず釈放せられた。検事は、おわかれに際して、しんみりした口調で言った。

「それではお大事に。悪い兄さんでも、あんな死にかたをしたとなると、やっぱり肉親の情だ、君も悲しいだろうが、元気を出して。」

少女は眼を挙げて答えた。その言葉は、エホバをさえ沈思させたにちがいない。もちろん世界の文学にも、未だかつて出現したことがなかったほどの新しい言葉であった。

「いいえ、」少女は眼を挙げて答えた。「兄さんが死んだので、私たちは幸福になりました。」

女神

れいの、璽光尊とかいうひとの騒ぎの、すこし前に、あれとやや似た事件が、私の身辺においても起った。

私は故郷の津軽で、約一年三箇月間、所謂《いわゆる》疎開生活をして、そうして昨年の十一月に、また東京へ舞い戻ってきて、久し振りで東京のさまざまの知人たちと旧交をあたためることを得たわけであるが、細田氏の突然の来訪は、その中でも最も印象の深いものであった。

細田氏は、大戦の前は、愛国悲詩、とでもいったような、おそろしくあまい詩を書いて売ったり、またドイツ語も、すこしできるらしく、ハイネの詩など訳して売ったり、また女学校の臨時雇いの教師になったりして、甚《はなは》だ漠然たる生活をしていた人物であった。としは私より二つ三つ多いはずだが、額がせまく漆黒の美髪には、いつもポマードがこってりと塗られ、新しい形の縁なし眼鏡をかけ、おまけに頬は桜色ときているので、かえって私より四つ五つ年下のようにも見えた。痩型で、小柄な人であったが、その服装には、それこそいちぶのスキもない、と言っても過言ではないくらいのもので、雨の日には必ずオーバーシュウズというものを靴の上にかぶせてはいて歩いていた。

なかなか笑わないひとで、その点はちょっと私には気づまりであったが、新宿のスタンドバアで知合いになり、それから時々、彼はお酒を持参で私の家へ遊びに来て、だんだん互いにいい飲み相手を見つけたという形になってしまったのである。

大戦がはじまって、日一日と私たちの生活が苦しくなってきた頃、彼は、この戦争は永く続きます、軍の方針としては、国内から全部兵を引き上げさせて満洲に移し、満洲において決戦を行うということになっているらしいです、だから私は女房を連れて満洲に疎開します、満洲は当分最も安全らしいです、勤め口は幾らでもあるようですし、それにお酒もずいぶんたくさんあるということです、いかがです、あなたも、と私に言った。私は、それに答えて、あなたはそりゃ、お子さんもないし、奥さんと二人で身軽にどこへでも行けるでしょうが、私はどうも子持ちですからね、ままになりません、と言った。すると彼は、私に同情するような眼つきをして、私の顔をしげしげと見て、黙した。

やがて彼は奥さんと一緒に満洲へ行き、満洲のある出版会社に夫婦共に勤めたようで、そのようなことをしたためた葉書を私は一枚いただいて、それっきり私たちの附合いは絶えた。

その細田氏が、去年の暮に突然、私の三鷹の家へ訪れてきたのである。

「細田です。」

そう名乗られて、はじめて、あ、と気附いたくらい、それほど細田氏の様子は変っていた。あのおしゃれな人が、軍服のようなカーキ色の詰襟《つめえり》の服を着て、頭は丸坊主で、眼鏡も野暮《やぼ》な形のロイド眼鏡で、そうして顔色は悪く、不精鬚を生やし、ほとんど別人の感じであった。

部屋へあがって、座ぶとんに膝を折って正坐し、

「私は、正気ですよ。正気ですよ。いいですか？　信じますか？」

とにこりともせず、そう言った。

はてな、と思ったが、私は笑って、

「なんですか？　どうしたのです。あぐらになさいませんか、あぐらに。」

と言ったら、彼は立ち上り、

「ちょっと、手を洗わせて下さい。それから、あなたも、手を洗って下さい。」

と言う。

こりゃもうてっきり、と私は即断を下した。

「井戸は、玄関のわきでしたね。一緒に洗いましょう。」

と私を誘う。

私はいまいましい気持で、彼のうしろについて外へ出て井戸端に行き、かわるがわる無言でポンプを押して手を洗い合った。

「うがいして下さい。」

彼にならって、私も意味のわからぬうがいをする。

「握手!」

私はその命令にも従った。

「接吻!」

「かんべんしてくれ。」

私はその命令にだけは従わなかった。

彼は薄く笑って、

「いまに事情がわかれば、あなたのほうから私に接吻を求めるようになるでしょう。」

と言った。

部屋に帰って、卓をへだてて再び対坐し、

「おどろいてはいけませんよ。いいですか？　実は、あなたと私とは、兄弟なのです。同じ母から生れた子です。そう言われてみると、あなたも、何か思い当るところがあるでしょう。もちろん私は、あなたより年上ですから、兄で、そうしてあなたは弟です。それから、これは、当分は秘密にしておいたほうがいいかもしれませんが、私たちには、もうひとりの兄があるのです。その兄は、」いかに言論の自由とは言っても、それは少しここに書くのがはばかりのあるくらいの、大偉人の名を彼は平然と誇らしげに述べて、「いいですか？　これは確実なことですが、しかし、当分は秘密にしておいたほうがいいでしょう。民衆の誤解を招いてもつまりませんからね。この我々三人の兄弟が、これから力を合せて、文化日本の建設に努めなければならぬのです。これを私に教えてくれたのは、私たちの母です。驚いてはいけませんよ。私たち三人の生みの母は、実は私のうちの女房であったのです、うちの女房は、戸籍のほうでは、三十四歳ということになっていますが、それはこの世の仮《かり》の年齢で、実は、何百歳だかわからぬのです。ずっとずっと昔から、同じ若さを保って、この日本の移り変りを、黙って眺めていたというわけです。それがこの終戦後の、日本はじまって以来の大混乱の姿を見て、もはや黙すべからずと、かれの本性を私に打ち明け、また私の兄と弟とを指摘して兄弟三人、力を合せて日本を救え、他の男は皆だめだと言ったのです。私たちの母の説によれば、百年ほど前からすでに世界は、男性衰微《すいび》の時代にはいっているのだそうでして、肉体的にも精神的にも、男性の疲労がはじまり、もう何をやっても、ろくな仕事ができない劣等の種族になりつつあるのだそうで、これからはすべて男性の仕事は、女性がかわってやるべきときなのだそうです。女房が、いや、母が、私にそのことを打ち明けてくれたのは、満洲から引揚げの船の中においてでありましたが、私はその時には肉体的にも精神的にも、疲労こんぱいの極に達していまして、いやもう本当に、満洲では苦労しまして、あまりひもじくて馬の骨を齧ってみたことさえありまして、そうして日一日と目立って痩せていきますのに、女房は、いや、母は、まことに粗食で、おいしいものを一つも食べず、何かおいしいものでも手にはいるとみんな私に食べさせ、それでいて、いつも白く丸々と太り、力も私の倍くらいあるらしく、とても私には背負い切れない重い荷物を、らくらくと背負って、その上にまた両手に風呂敷包などさげて歩けるという有様ですので、つくづく私も不思議に感じ、引揚げの船の中で、どうしてお前はそんなにいつも元気なのかね、お前ばかりでなく、この引揚げの船の中に乗っている女のひと全部が、男のひとは例外なく痩せて半病人のようになっているのに、自信満々の勢いを示している、何かそこに大きな理由がなくてはかなわぬ、その理由は何だ、とたずねますと、女房はにこにこ笑いまして、実は、と言い、男性衰微時代が百年前から始まっていること、これからはすべて女性の力にすがらなければ世の中が自滅するだろうということ、その女性のかしらは私自身で、私は実は女神だということ、男の子が三人あって、この三人の子だけは、女神のおかげで衰弱せず、これからも女性に隷属することなく、男性と女性の融和を図り、もって文化日本の建設を立派に成功せしむる大人物のはずであること、だからあなたも元気を出して、日本に帰ったら、二人の兄弟と力を合せて、女神の子たる真価を発揮するように心がけるべきです、とここにはじめて、いっさいの秘密が語り明かされたというわけなのです。それを聞いて私は、にわかに元気が出て、いまはもう二日ものを食わなくても平気になりました。私たちは、女神の子ですから、いかに貧乏をしても絶対に衰弱することはないんです。あなたもどうか、奮起して下さい。私は正気です。落ちついています。私の言うことは、信じなければいけません。」

まぎれもない狂人である。満洲で苦労の結果の発狂であろう。あるいは向うの悪質の性病に犯されたせいかもしれない。気の毒とも可哀想とも悲惨とも、何とも言いようのないつらい気持で、彼の痴語を聞きながら、私は何度も眼蓋《まぶた》の熱くなるのを意識した。

「わかりました。」

私は、ただそう言った。

彼は、はじめて莞爾と笑って、

「ああ、あなたは、やっぱり、わかって下さる。あなたなら、私の言うことを必ず全部、信じてくれるだろうとは思っていたのですが、やっぱり、血をわけた兄弟だけあって、わかりが早いですね。接吻しましょう。」

「いや、その必要はないでしょう。」

「そうでしょうか。それじゃ、そろそろ出かけることにしましょうか。」

「どこへです？」

三人兄弟の長兄に、これから逢いに行くのだという。

「インフレーションがね、このままでは駄目なのです。母がそう言っているんです。とにかく、一ばん上の兄さんに逢って、よく相談しなくちゃいけないんです。母の意見によりますと、日本の紙幣には、必ずグロテスクな顔の鬚をはやした男の写真が載っているけれども、あれがインフレーションの原因だというのです。紙幣には、女の全裸の姿か、あるいは女の大笑いの顔を印刷すべきなんだそうです。そう言われてみると、ドイツ語でもフランス語でも、貨幣はちゃんと女性名詞ということになっていますからね。鬚だらけのお爺さんの恐ろしい顔などを印刷するのは、たしかに政府の失策ですよ。日本の全部の紙幣に、私たちの母の女神の大笑いをしている顔でも印刷して発行したなら、日本のインフレーションは、ただちにおさまるというわけです。日本のインフレーションは、もう一日も放置すべからざる、どたん場にきているんですからね。手当が一日でもおくれたらもう、それっきりです。一刻の猶予もならんのです。すぐまいりましょう。」

と言って、立ち上る。

私は一緒に行くべきかどうか迷った。いま彼をひとりで、外に出すのも気がかりであった。この勢いだと、彼は本当にその一ばん上の兄さんの居所に押しかけて行って大騒ぎを起さぬとも限らぬ。そうして、その門前において、彼の肉親の弟だという私（太宰）の名前をも口走り、私が彼の一味のように誤解せられることなどあっては、たまらぬ。彼をこのまま、ひとりで外へ出すのは危険である。

「だいたいわかりましたけれども、私は、その一ばん上の兄さんに逢う前に、私たちのお母さんに逢って、直接またいろいろとお話を伺ってみたいと思います。まず、さいしょに、私をお母さんのところに連れて行って下さい。」

細君の許《もと》に送りとどけるのが、最も無難だと思ったのである。私は彼の細君とは、まだいちども逢ったことがない。彼は北海道の産であるが、細君は東京人で、そうして新劇の女優などもしたことがあり、互いに好き合って一緒になったとか、彼から聞いたことがある。なかなかの美人だということを他のひとから知らされたりしたが、しかし、私はいちどもお目にかかったことがなかったのである。

いずれにしても、その日、私は彼の悲惨な痴語を聞いて、その女を、非常に不愉快に感じたのである。いやしくも知識人の彼に、このようなあさましい不潔なたわごとをわめかせるに到らしめた責任の大半は彼女にあるのは明らかである。彼女もまた発狂しているのかどうか、それは逢ってみなければ、ただ彼の話だけではわからぬけれども、彼にとって彼の細君は、まさしく悪魔の役を演じているのは、たしかである。これから、彼の家へ行って細君に逢い、場合によっては、その女神とやらの面皮をひんむいてやろうと考え、普段着の和服に二重廻しをひっかけ、

「それでは、おともしましょう。」

と言った。

外へ出ても、彼の興奮は、いっこうに鎮まらず、まるでもう踊りながら歩いているというような情ない有様で、

「きょうは実に、よい日ですね。奇蹟の日です。昭和十二年十二月十二日でしょう。しかも、十二時に、私たち兄弟はそろって母に逢いに出発した。正に神のお導きですね。十二という数は、六でも割れる、三でも割れる、四でも割れる、二でも割れる、実に神

聖な数ですからね。」

と言ったが、その日は、もちろん昭和十二年の十二月の十二日なんかではなかった。時刻もすでに午後三時近かった。そのときの実際の年月日時刻のうちで、六で割れる数は、十二月だけだった。

彼のいま住んでいるところは、立川市だというので、私たちは三鷹駅から省線に乗った。省線はかなり混んでいたが、彼は乗客を乱暴に掻きわけて、入口から吊皮を、ひいふうみいと大声で数えて十二番目の吊皮につかまり、私にもその吊皮に一緒につかまるように命じ、

「立川というのを英語でいうなら、スタンデング・リバーでしょう? スタンデング・リバー。いくつの英字から成り立っているか、指を折って勘定してごらんなさい。それ、十二でしょう、十二です。」

しかし、私の勘定では、十三であった。

「たしかに、立川は神聖な土地なのです。三鷹、立川。うむ、この二つの土地に何か神聖なつながりが、あるようですね。ええっと、三鷹を英語で言うなら、スリー、……スリー、スリー、ええっと、英語で鷹を何と言いましたかね、ドイツ語なら、デルファルケだけれども、英語は、イーグル、いやあれは違うか、とにかく十二になるはずです。」

私はさすがに、うんざりして、やにわに彼をぶん殴ってやりたい衝動さえ感じた。立川で降りて、彼のアパートに到る途中においても、彼のそのような愚劣《ぐれつ》極まる御託《ごたく》宣《せん》をさんざん聞かされ、

「ここです、どうぞ。」

と、竹藪に囲まれ、荒廃した病院のような感じの彼のアパートに導かれた時には、すでにあたりが薄暗くなり、寒気も一段ときびしさを加えてきたように思われた。

彼の部屋は、二階にあった。

「お母さん、ただいま。」

彼は部屋へ入るなり、正坐してぴたりと畳に両手をついてお辞儀をした。

「おかえりなさい。寒かったでしょう?」

細君は、お勝手のカーテンから顔を出して笑った。健康そうな、普通の女性である。しかも、思わず瞠若《どうじゃく》してしまうくらいの美しいひとであった。

「きょうは、弟を連れてきました。」

と彼は私を、細君に引き合した。

「あら。」

と小さく叫んで、素早くエプロンをはずし、私の斜め前に膝をついた。

私は、私の名前を言ってお辞儀した。

「まあ、それは、それは。いつも、もう細田がお世話になりまして、いちどわたくしもご挨拶に伺いたいと存じながら、しつれいしておりまして、本当にまあ、きょうは、ようこそ、……」

云々と、普通の女の挨拶を述べるばかりで、すこしも狂信者らしい影がない。

「うむ、これで母と子の対面もすんだ。それでは、いよいよインフレーションの救助に乗り出すことにしましょう。まず、新鮮な水を飲まなければいけない。お母さん、薬缶《やかん》を貸して下さい。私が井戸から汲んでまいります。」

細田氏は、昂然たるものである。

「はい、はい。」

何気ないような快活な返事をして、細君は彼に薬缶を手渡す。

彼が部屋を出てから、すぐに私は細君にたずねた。

「いつから、あんなになったのですか?」

「え?」

と、私の質問の意味がわからないような目つきで、無心らしく反問する。

私のほうで少しあわて気味になり、

「あの、細田さん、すこし興奮していらっしゃるようですけど。」

「はあ、そうでしょうかしら。」

と言って笑った。

「大丈夫なんですか?」

「いつも、おどけたことばかり言って、……」

平然たるものである。

この女は、夫の発狂に気附いていないのだろうか。私は頗《すこぶ》る戸惑《とまど》った。

「お酒でもあるといいんですけれど、」と言って立ち上り、電燈のスイッチを捻って、

「このごろ細田は禁酒いたしましたので、配給のお酒もよそへ廻してしまいまして、何もございませんので、失礼ですけど、こんなものでも、いかがでございますか。」

と落ちついて言って私に蜜柑《みかん》などをすすめる。電気をつけてみると、部屋が小綺麗に整頓せられているのがわかり、とても狂人の住んでいる部屋とは思えない。幸福な家庭の匂いさえするのである。

「いやもう何も、おかまいなく。私はこれで失礼しましょう。細田さんが何だか興奮していらっしゃるようでしたから、心配して、お宅まで送ってまいりましたのです。では、どうか、細田さんによろしく。」

引きとめられるのを振り切って、私はアパートを辞し、はなはだ浮かぬ気持で師走《しわす》の霧の中を歩いて、立川駅前の屋台で大酒を飲んで帰宅した。

わからない。

少しもわからない。

私は、おそい夕ごはんを食べながら、きょうの事件をこまかに家の者に告げた。

「いろいろなことがあるのね。」

家の者は、たいして驚いた顔もせず、ただそう呟いただけである。

「しかし、あの細君は、どういう気持でいるんだろうね。まるで、おれには、わからない。」

「狂ったって、狂わなくたって、同じようなものですからね。あなたもそうだし、あなたのお仲間も、たいていそうらしいじゃありませんか。禁酒なさったんで、奥さんはかえって喜んでいらっしゃるでしょう。あなたみたいに、ほうぼうの酒場にたいへんな借金までこさえて飲んで廻るよりは、罪がなくっていいじゃないの。お母さんだの、女神だのと言われて、大事にされて。」

私は眉間《みけん》を割られた気持で、

「お前も女神になりたいのか?」

とたずねた。

家の者は、笑って、

「わるくないわ。」

と言った。

犯人

「僕はあなたを愛しています」とブールミンは言った「心から、あなたを、愛しています」

マリヤ・ガヴリーロヴナは、さっと顔をあからめて、いよいよ深くうなだれた。

――プウシキン（吹雪）

なんという平凡。わかい男女の恋の会話は、いや、案外おとなどうしの恋の会話も、はたで聞いては、その陳腐《ちんぷ》きざったらしさに全身鳥肌の立つ思いがする。

けれども、これは、笑ってばかりもすまされぬおそろしい事件が起った。

同じ会社に勤めている若い男と若い女である。男は二十六歳、鶴田慶助。同僚は、鶴、と呼んでいる。女は、二十一歳、小森ひで。同僚は、森ちゃん、と呼んでいる。鶴と、森ちゃんとは、好き合っている。

晩秋のある日曜日、ふたりは東京郊外の井の頭公園であいびきをした。午前十時。

時刻も悪ければ、場所も悪かった。けれども二人には、金がなかった。いばらの奥深く掻きわけて行っても、すぐ傍を分別顔の、子供づれの家族がとおる。ふたり切りになれない。ふたりは、お互いに、ふたり切りになりたくてたまらないのに、でも、それを相手に見破られるのが羞かしいので、空の蒼さ、紅葉のはかなさ、美しさ、空気の清浄、社会の混沌、正直者は馬鹿を見る、などということを、すべて上《うわ》の空《そら》で語り合い、お弁当はわけ合って食べ、詩以外には何も念頭にないというあどけない表情を努めて、晩秋の寒さをこらえ、午後三時には、さすがに男は浮かぬ顔になり、

「帰ろうか。」

と言う。

「そうね。」

と女は言い、それから一言、つまらぬことを口走った。

「一緒に帰れるお家があったら、幸福ね。帰って、火をおこして、……三畳一間でも、……」

笑ってはいけない。恋の会話は、かならずこのように陳腐なものだが、しかし、この一言が、若い男の胸を、柄《つか》もとおれと突き刺した。

部屋。

鶴は会社の世田谷の寮にいた。六畳一間に、同僚と三人の起居である。森ちゃんは高

円寺の、叔母の家に寄寓。会社から帰ると、女中がわりに立ち働く。

鶴の姉は、三鷹の小さい肉屋に嫁いでいる。あそこの家の二階が二間。

鶴はその日、森ちゃんを吉祥寺駅まで送って、森ちゃんには高円寺行きの切符を、自分は、三鷹行きの切符を買い、プラットフォームの混雑にまぎれて、そっと森ちゃんの手を握ってから、別れた。部屋を見つける、という意味で手を握ったのである。

「や、いらっしゃい。」

店では小僧がひとり、肉切庖丁をといでいる。

「兄さんは?」

「おでかけです。」

「どこへ?」

「寄り合い。」

「また、飲みだな?」

義兄は大酒飲みである。家で神妙に働いていることは珍らしい。

「姉さんはいるだろう。」

「ええ、二階でしょう?」

「あがるぜ。」

姉は、ことしの春に生れた女の子に乳をふくませ添寝していた。

「貸してもいいって、兄さんは言っていたんだよ。」

「そりゃそう言ったかもしれないけど、あのひとの一存では、きめられませんよ。私のほうにも都合がありますす。」

「どんな都合?」

「そんなことは、お前さんに言う必要はない。」

「パンパンに貸すのか?」

「そうでしょう。」

「姉さん、僕はこんど結婚するんだぜ。たのむから貸してくれ。」

「お前さんの月給はいくらなの? 自分ひとりでも食べていけないくせに。部屋代がいまどれくらいか、知ってるのかい。」

「そりゃ、女のひとにも、いくらか助けてもらって、……」

「鏡を見たことがある? 女にみつがせる顔かね。」

「そうか。いい。たのまない。」

立って、二階から降り、あきらめきれず、むらむらと憎しみが燃えて逆上し、店の肉切庖丁を一本手にとって、

「姉さんが要るそうだ。貸して。」

と言い捨て階段をかけ上り、いきなり、やった。

姉は声も立てずにたおれ、血は噴出して鶴の顔にかかる。部屋の隅にあった子供のおしめで顔を拭き、荒い呼吸をしながら下の部屋へ行き、店の売上げを入れてある手文庫から数千円わしづかみにしてジャンパーのポケットにねじ込み、店にはその時お客が二、三人かたまってはいってきて、小僧はいそがしく、

「お帰りですか？」

「そう。兄さんによろしく。」

外へ出る。黄昏れて霧が立ちこめ、会社のひけどきの混雑。掻きわけて駅にすすむ。東京までの切符を買う。プラットフォームで、上りの電車を待っているあいだの永かったこと。わっ！　と叫び出したい発作《ほっさ》。悪寒《おかん》。尿意。自分で自分の身の上が、信じられなかった。他人の表情がみな、のどかに、平和に見えて、薄暗いプラットフォームに、ひとり離れて立ちつくし、ただ荒い呼吸をし続けている。

ほんの四、五分待っていただけなのだが、すくなくとも三十分は待った心地である。電車が来た。混んでいる。乗る。電車の中は、人の体温で生あたたかく、そうして、ひどく速力が鈍い。電車の中で、走りたい気持。

吉祥寺、西荻窪、……おそい、実にのろい。電車の窓のひび割れたガラスの、そのひびの波状の線のとおりに指先をたどらせ、撫でさすって思わず、悲しい重い溜息をもらした。

高円寺。降りようか。一瞬ぐらぐらめまいした。森ちゃんに一目あいたくて、全身が熱くなった。姉を殺した記憶もふっ飛ぶ。いまはただ、部屋を借りられなかった失敗の残念だけが、鶴の胸をしめつける。ふたり一緒に会社から帰って、火をおこして、笑い合いながら夕食して、ラジオを聞いて寝る、その部屋が、借りられなかった口惜しさ。人を殺した恐怖など、その無念の情にくらべると、もののかずでないのは、こいをしている若者の場合、きわめて当然のことなのである。

烈しく動揺して、一歩、扉口のほうに向って踏み出した時、高円寺発車。すっと扉が閉じられる。

ジャンパーのポケットに手をつっ込むと、おびただしい紙屑が指先に当る。何だろう。はっと気がつく。金だ。ほのぼのと救われる。よし遊ぼう。鶴は若い男である。

東京駅下車。ことしの春、よその会社と野球の試合をして、勝って、その時、上役に連れられて、日本橋の「さくら」という待合に行き、スズメという鶴よりも二つ三つ年上の芸者にもてた。それから、飲食店閉鎖の命令の出る直前に、もういちど、上役のお供で「さくら」に行き、スズメに逢った。

「閉鎖になっても、この家へおいでになって私を呼んで下さったら、いつでも逢えますわよ。」

鶴はそれを思い出し、午後七時、日本橋の「さくら」の玄関に立ち、落ちついて彼の会社の名を告げ、スズメに用事がある、と少し顔を赤くして言い、女中にも誰にもあやしまれず、奥の二階の部屋に通され、早速ドテラに着かえながら、お風呂は？　とたずね、どうぞ、と案内せられ、その時、

「ひとりものは、つらいよ。ついでにお洗濯だ。」

とはにかんだ顔をして言って、すこし血痕のついているワイシャツとカラーをかかえ込み、

「あら、こちらでいたしますわ。」

と女中に言われて、

「いや、馴れているんです。うまいものです。」

と極めて自然に断る。

血痕はなかなか落ちなかった。洗濯をすまし、鬚を剃って、いい男になり、部屋へ帰って、洗濯物は衣桁《いこう》にかけ、他の衣類をたんねんに調べて血痕のついていないのを見と

どけ、それからお茶をつづけさまに三杯飲み、ごろりと寝ころがって眼をとじたが、寝ておられず、むっくり起き上ったところへ、素人ふうに装ったスズメがやってきて、

「おや、しばらく。」

「酒が手にはいらないかね。」

「はいりますでしょう。ウイスキイでも、いいの？」

「かまわない。買ってくれ。」

ジャンパーのポケットから、一つかみの百円紙幣を取り出して、投げてやる。

「こんなに、たくさん要らないわよ。」

「要るだけ、とればいいじゃないか。」

「おあずかりいたします。」

「ついでに、たばこもね。」

「たばこは？」

「軽いのがいい。手巻きは、ごめんだよ。」

スズメが部屋から出て行ったとたんに、停電。まっくら闇の中で、鶴は、にわかにおそろしくなった。ひそひそ何か話声が聞える。しかし、それは空耳だった。廊下で、忍ぶ足音が聞える。しかし、それも空耳であった。鶴は呼吸が苦しく、大声挙げて泣きた

いと思ったが、一滴の涙も出なかった。ただ、胸の鼓動が異様に劇《はげ》しく、脚が抜けるようにだるかった。鶴は寝ころび、右腕を両眼に強く押しあて、泣く真似をした。そうして小声で、森ちゃんごめんよ、と言った。

「こんばんは。慶ちゃん。」鶴の名は、慶助である。

蚊の泣くような細い女の声で、そう言うのを、たしかに聞き、髪の逆立つ思いで狂ったようにはね起き、襖をあけて廊下に飛び出た。廊下は、しんの闇で、遠くから幽かに電車の音が聞こえた。

階段の下が、ほの明るくなり、豆ランプを持ったスズメがあらわれ、鶴を見ておどろき、

「ま、あなた、何をしていらっしゃる。」

豆ランプの光で見るスズメの顔は醜くかった。森ちゃんが、こいしい。

「ひとりで、こわかったんだよ。」

「闇屋さん、闇におどろく。」

自分があのお金を、何か闇商売でもやってもうけたものと、スズメが思い込んでいるらしいのを知って、鶴は、ちょっと気が軽くなり、はしゃぎたくなった。

「酒は?」

「女中さんにたのみました。すぐ持ってまいりますって。このごろは、へんに、ややこしくって、いやねえ。」

ウイスキイ、つまみもの、煙草。女中は、盗人のごとく足音を忍ばせて持ち運んで来た。

「おしずかに、お飲みになって下さいよ。」

「心得ている。」

鶴は、大閣師のように、泰然とそう答えて、笑った。

その下には紺碧にまさる青き流れ、

その上には黄金《こがね》なす陽の光。

されど、

憩《いこ》いを知らぬ帆は、

嵐の中にこそ平穏のあるがごとくに、

せつに狂瀾怒濤をのみ求むるなり。

あわれ、あらしに憩いありとや。鶴は所謂《いわゆる》文学青年ではない。頗《すこぶ》るのんきな、スポーツマンである。けれども、恋人の森ちゃんは、いつも文学の本を一冊か二冊、ハンドバッグの中に入れて持って歩いて、そうしてけさの、井の頭公園のあいびきの時も、レエルモントフとかいう、二十八歳で決闘して倒れたロシヤの天才詩人の詩集を鶴に読んで聞かせて、詩などには、ちっとも何の興味のなかった鶴も、その詩集の中の詩は、すべて大いに気にいって、殊にも「帆」という題の若々しく乱暴な詩は、最も彼の現在の恋の心にぴったりときたのだそうで、彼は森ちゃんに命じて何度も何度も繰りかえして朗読させたものである。

嵐の中にこそ、平穏、……。あらしの中にこそ、……。

鶴は、スズメを相手に、豆ランプの光のもとでウイスキイを飲み、しだいに楽しく酔っていった。午後十時ちかく、部屋の電燈がパッとついたが、しかし、その時にはもう、電燈の光も、豆ランプのほのかな光さえ、鶴には必要でなかった。

あかつき。

ドオウン。その気配を見たことのあるひとは知っているだろう。日の出以前のあの暁《ドオウン》の気配は、決して爽快なものではない。おどろおどろ神々の怒りの太鼓の音が聞えて、朝日の光とまるっきり違う何の光か、ねばっこい小豆色《あずきいろ》の光が、樹々の梢を血なま臭く染める。陰惨、酸鼻《さんび》の気配に近い。

鶴は、厠の窓から秋のドオウンの凄さを見て、胸が張り裂けそうになり、亡者のように顔色を失い、ふらふら部屋へ帰り、口をあけて眠りこけているスズメの枕元にあぐらをかき、ゆうべのウイスキイの残りを立てつづけにあおる。

金はまだある。

酔いが発してきて、蒲団にもぐり込み、スズメを抱く。寝ながら、またウイスキイをあおる。とろとろと浅く眠る。眼がさめる。にっちもさっちもいかない自分のいまの身の上が、いやにハッキリ自覚せられ、額に油汗がわいて出てきて、悶え、スズメにさらにウイスキイを一本買わせる。飲む。抱く。とろとろ眠る。眼がさめると、また飲む。

やがて夕方、ウイスキイを一口飲みかけても吐きそうになり、

「帰る。」

と、苦しい息の下から一ことそう言うのさえやっとで、何か冗談を言おうと思っても、すぐ吐きそうになり、黙って這うようにして衣服を取りまとめ、スズメに手伝わせて、どうやら身なりを整え、絶えず吐き気とたたかいながら、つまずき、よろめき、日本橋の待合「さくら」を出た。

外は冬ちかい黄昏。あれから、一昼夜。橋のたもとの、夕刊を買う人の行列の中にはいる。三種類の夕刊を買う。片端から調べる。出ていない。出ていないのが、かえって

不安であった。記事差止め。秘密裡に犯人を追跡しているのに違いない。

こうしては、おられない。金のある限りは逃げて、そうして最後は自殺だ。

鶴は、つかまえられて、そうして肉親の者たち、会社の者たちに、怒られ悲しまれ、気味悪がられ、ののしられ、うらみを言われるのが、何としても、イヤで、おそろしくてたまらなかった。

しかし、疲れている。

まだ、新聞には出ていない。

鶴は度胸をきめて、会社の世田谷の寮に立ち向う。自分の巣で一晩ぐっすり眠りたかった。

寮では六畳一間に、同僚と三人で寝起きしている。同僚たちは、まちに遊びに出たらしく、留守である。この辺は所謂《いわゆる》便乗線とかいうものなのか、電燈はつく。鶴の机の上には、コップに投げいれられた銭菊《ぜにぎく》が、少し花弁が黒ずんでしなびたまま、主人の帰りを待っていた。

黙って蒲団をしいて、電燈を消して、寝た、が、すぐまた起きて、電燈をつけて、寝て、片手で顔を覆い、小声で、あああ、と言って、やがて、死んだように深く眠る。

朝、同僚のひとりにゆり起された。

「おい、鶴。どこをほっつき歩いていたんだ。三鷹の兄さんから、何べんも会社へ電話がきて、われわれ弱ったぞ。鶴がいたなら、大至急、三鷹へ寄こしてくれるようにという電話なんだ。急病人でもできたんじゃないか？　ところがお前は欠勤で、寮にも帰ってこないし、森ちゃんも心当りがないと言うし、とにかくきょうは三鷹へ行ってみろ。ただ事でないような兄さんの口調だったぜ。」

鶴は、総毛立つ思いである。

「ただ、来いとだけ言ったのか。他には、何も？」

すでにはね起きてズボンをはいている。

「うん、何でも急用らしい。すぐ行ってきたほうがいい。」

「行ってくる。」

何が何だか、鶴にはわけがわからなくなってきた。自分の身の上が、まだ、世間とつながることができるのか。一瞬、夢みるような気持になったが、あわててそれを否定した。自分は人類の敵だ。殺人鬼である。

すでに人間ではないのである。世間の者どもは全部、力を集中してこの鬼一匹を追い廻しているのだ。もはや、それこそ蜘蛛の巣のように、自分をつかまえる網が行く先、行く先に張りめぐらされているのかもしれぬ。しかし、自分にはまだ金がある。金さえあれば、つかのまでも、恐怖を忘れて遊ぶことができる。逃げられるところまでは、逃げてみたい。どうにもならなくなった時には、自殺。

鶴は洗面所で歯を強くみがき、歯ブラシを口にふくんだまま食堂に行き、食卓に置かれてある数種類の新聞のうらおもてを殺気立った眼つきをして調べる。出ていない。どの新聞も、鶴のことについては、ひっそり沈黙している。この不安。スパイが無言で自分の背後に立っているような不安。ひたひたと眼に見えぬ洪水が闇の底を這って押し寄せてきているような不安。いまに、ドカンと致命的な爆発が起りそうな不安。

鶴は洗面所で嗽いして、顔も洗わず部屋へ帰って押入れをあけ、自分の行李《こうり》の中から、夏服、シャツ、銘仙の袷、兵児《へこ》帯《おび》、毛布、運動靴、スルメ三把、銀笛、アルバム、売却できそうな品物を片端から取り出して、リュックにつめ、机上の目覚時計までジャンパーのポケットにいれて、朝食もとらず、

「三鷹へ行ってくる。」

と、かすれた声で呟くように言い、リュックを背負っておろおろ寮を出る。

まず、井の頭線で渋谷に出る。渋谷で品物を全部たたき売る。リュックまで売り捨てる。五千円以上のお金がはいった。

渋谷から地下鉄。新橋下車。銀座のほうに歩きかけて、やめて、川の近くのバラック

の薬局から眠り薬プロバリン、二百錠入を一箱買い求め、新橋駅に引きかえし、大阪行きの切符と急行券を入手した。大阪へ行ってどうするというあてもないのだが、汽車に乗ったら、少しは不安も消えるような気がしたのであった。それに、鶴はこれまで一度も関西に行ったことがない。この世のなごりに、関西で遊ぶのも悪くなかろう。関西の女は、いいそうだ。自分には、金があるのだ。一万円ちかくある。

駅の附近のマーケットから食料品をどっさり仕入れ、昼すこし過ぎ、汽車に乗る。急行列車は案外にすいていて、鶴は楽に座席に腰かけられた。

汽車は走る。鶴は、ふと、詩を作ってみたいと思った。無趣味な鶴にとって、それは奇怪といってもよいほど、いかにも唐突きわまる衝動であった。たしかに生れてはじめて味《あじわ》う本当にへんな誘惑であった。人間は死期が近づくにつれて、どんなに俗な野暮天《やぼてん》でも、奇妙に、詩というものに心をひかれてくるものらしい。辞世の歌とか俳句とかいうものを、高利貸でも大臣でも、とかくよみたがるようではないか。

鶴は、浮かぬ顔して、首を振り、胸のポケットから手帖を取り出し、鉛筆をなめた。うまくできたら、森ちゃんに送ろう。かたみである。

鶴は、ゆっくり手帖に書く。

われに、プロバリン、二百錠あり。

飲めば、死ぬ。

いのち、

それだけ書いて、もうつまってしまった。あと、何も書くことがない。読みかえしてみても一向に、つまらない。下手である。鶴は、にがいものを食べたみたいに、しんから不機嫌そうに顔をしかめた。手帖のそのページを破り捨てる。詩は、あきらめて、こんどは、三鷹の義兄に宛てた遺書の作製をこころみる。


私は死にます。

こんどは、犬か猫になって生れてきます。


もうまた、書くことがなくなった。しばらく、手帖のその文面を見つめ、ふっと窓のほうに顔をそむけ、熟柿のような醜い泣きべその顔になる。

さて、汽車はすでに、静岡県下にはいっている。

それからの鶴の消息については、鶴の近親の者たちの調査も推測もいきとどかず、どうもはっきりは、わからない。

五日ほど経った早朝、鶴は、突如、京都市左京区の某商会にあらわれ、かつて戦友だったとかいう北川という社員に面会を求め、二人で京都のまちを歩き、鶴は軽快に古着屋ののれんをくぐり、身につけていたジャンパー、ワイシャツ、セーター、ズボン、冗談を言いながら全部売り払い、かわりに古着の兵隊服上下を買い、浮いた金で昼から二人で酒を飲み、それから、大陽気で北川という青年とわかれ、自分ひとり京阪四条堀川駅から大津に向う。なぜ、大津などに行ったのかは不明である。

宵の大津をただふらふら歩き廻り、酒もあちこちで、かなり飲んだ様子で、同夜八時ごろ、大津駅前、秋月旅館の玄関先に泥酔の姿で現われる。江戸っ子らしい巻舌で一夜の宿を求め、部屋に案内されるや、すぐさま仰向に寝ころがり、両脚を烈しくばたばたさせ、番頭の持って行った宿帳には、それでもちゃんと正しく住所姓名を記し、酔い覚めの水をたのみ、やたらと飲んで、それから、その水でブロバリン二百錠一気にやった模様である。

鶴の死骸の枕元には、数種類の新聞と五十銭紙幣二枚と十銭紙幣一枚、それだけ散らばってあったきりで、他には所持品、皆無であったそうである。

鶴の殺人は、とうとう、どの新聞にも出なかったけれども、鶴の自殺は、関西の新聞の片隅に小さく出た。

京都の某商会に勤めている北川という青年はおどろき、大津に急行する。宿の者とも相談し、とにかく、鶴の東京の寮に打電する。寮から、人が、三鷹の義兄の許に馳せつける。

姉の左腕の傷はまだ糸が抜けず、左腕を白布で首に吊っている。義兄は、相変らず酔っていて、

「おもて沙汰にしたくねえので、きょうまであちこち心当りを捜していたのが、わるかった。」

姉はただもう涙を流し、若い者の阿呆らしい色恋も、ばかにならぬと思い知る。

女　類

僕（二十六歳）は、女をひとり、殺したことがあるんです。実にあっけなく、殺してしまいました。

終戦直後のことでした。僕は、敗戦の前には徴用で、伊豆の大島にやられていまして、毎日々々、実にイヤな穴掘工事を言いつけられ、もともとこんな痩せ細ったからだなので、いやもう、いまにも死にそうな気持になったほどの苦労をしました。終戦になって、何が何やら、ただへとへとに疲れて、誇張した言い方をするなら、ほとんど這うようにして栃木県の生家にたどりつき、それから三箇月間も、父母の膝下でただぼんやり廃人みたいな生活をして、そのうちに東京の、学生時代からの文学の友達で、柳田という抜け目のない、なかなかすばしこい人物が、「金はある。新雑誌を発刊するつもり。君も手伝え。」という意味の速達を寄こして、僕も何だか、ハッと眼が覚めたような気持になり、急ぎ上京して、そうして今のこの「新現実」という文芸雑誌の、まあ、編輯部次長というような肩書で、それから三年も、まるで半狂乱みたいな戦後のジャアナリズムに、もまれて生きてまいりました。

その終戦直後に、僕が栃木県の生家から東京へ出てきた時には、東京の情景、見るもの聞くもの、すべて悲しみの種でしたが、しかし、少くとも僕一個人にとって、痛快、といってもいいくらいの奇妙なよろこびを感じさせられたことは、市場に物資がたくさん出ていて、また飲み食いする屋台、小料理屋が、街々にひしめきあふれるという感じで立ち並び、怪しい活況を呈していたことでした。もとより、僕にとっては、市場に山ほどの品物が積まれてあっても、それを購買する能力はなく、ただ見て通るだけなのですが、それでも何だか浮き浮きした気持になり、また、時たま友人たちと、屋台ののれんに首を突込み、焼鳥の串をかじり、焼酎を飲み、大声で民主主義の本質について論じ合ったりなどいたしますと、まさしく解放せられたる自由というものをエンジョイしているような実感がしてきたものです。

そのうちに僕は、新橋のある屋台のおかみに惚れられました。いや、笑わないで下さい。本当に、惚れられたのです。ここが大事のところですから、僕もてれずに言うんです。申しおくれましたが、当時の僕の住いは、東京駅、八重洲口附近の焼けビルを、アパート風に改造したその二階の一部屋で、終戦後はじめての冬の寒風は、その化物屋敷みたいなアパートの廊下をへんな声を挙げて走り狂い、今夜もまたあそこへ帰って寝るのかと思うと、心細さ限りなく、だんだん焼酎など飲んで帰る度数がひんぱんになり、また友だちとの附合い、作家との附合いなどで、一ぱしの酒飲みになってしまいました。銀座のその雑誌社から日本橋のアパートへ帰るのに、省線か徒歩か、いずれにしても、新橋で飲むのが一ばん便利だったものですから、僕はたいていあの新橋辺の屋台を覗きまわっていたのでした。

いつか、柳田という、れいの抜け目のない、自分で自分の顔の表情を鏡を見なくても常に的確に感知できると誇称している友人、兼、編輯部長に連れられて、新橋駅のすぐ近くの川端に建ってあるおでん屋へ飲みに行きました。そこもまた、屋台には違いないのですが、奥が深く、土間にさまざまの腰掛けが並べられていて、それこそ、「お順につめる」と、十人くらいの客が楽に飲み食いできたのです。僕にとっては、その屋台に行くのは、その夜がはじめてでしたが、しかし、その店はあの辺の新聞記者や雑誌記者、また作家、漫画家などの社交場みたいになっていて、焼酎を飲み、煙草を吸い、所謂《いわゆる》その日その日の「ホットニュウス」を交換し合い、笑い興じている場所だったのです。店の名前、といったようなものも別になく、トヨ公とかトヨちゃんとか、その店のおやじの愛称らしいものが、その屋台の名前になっていました。トヨ公は、四十ちかい横太りの、額が狭く坊主頭で、眼がわるいらしく、いつも眼のふちが赤くてしょぼしょぼしていましたが、でも、ちょっと凄味のきく風態《ふうてい》の男でした。おかみは、はじめ僕には三十すぎのひとのように見えましたが、僕と同年だったのです。いったいに、老《ふ》けて見えるほうでした。痩せて小柄で色が浅黒く、きりっとした顔立ちでしたが、無口で、あまり笑わず、地味で淋しそうな感じのするひとでした。

「こちら、音楽家でしょう?」

僕の焼酎を飲む手つきを、ちらと見て、おかみはそう一こと言いました。来たな！と僕は思いました。器量の悪い女は、よくその髪をほめられると、チエホフの芝居にもありましたが、僕はこんな痩せっぽちで、顔色も蒼黒く、とにかくその容貌風采においては一つとしていいところがないのは、僕だって、イヤになるほど、それこそ的確に知っているつもりです。けれども、僕の両手の指が、へんに細長く、爪の色も薄赤く、他にほめるところが全くないせいだろうと思いますが、これまでも実にしばしば女のひとにほめられて、握手を求められたことさえありました。

「なぜ?」

僕は、知っていながら、不審そうにたずねました。

「綺麗な手。ピアノのほうでしょう?」

果して、そうでした。

「何、ピアノ?」

と、れいの抜け目のない友人は、大袈裟に噴き出し、

「ピアノの掃除だってできやしねえ。そいつの手は、ただ痩せているだけなんだよ。痩せた男が音楽家なら、ガンジー翁にオーケストラの指揮ができるという理窟になる。」

傍の客たちも笑いました。

けれども、僕にはその夜、おかみから、まじめに一言ほめられたことが、奇妙に忘れられませんでした。これまでも、いろいろの女のひとから僕の手をほめられ、また、握手を求められたことさえあったのに、それらは皆、その席の一時の冗談として、僕は少しも気にとめていなかったのですが、あのトヨ公のおかみの何気なさそうなお世辞だけは、妙に心にしみました。女のひとたちは、どうだか知りませんが、男というものは、女からへんにまじめに一言でもお世辞を言われると、僕のようなぶざいくな男でも、にわかにムラムラ自信が出てきて、そうしてその揚句《あげく》、男はその女のひとに見っともないくらい図々しく振舞い、そうして男も女も、みじめな身の上になってしまうというのが、世間によく見かける悲劇の経緯のように思われます。女のひとは、めったに男にお世辞

なんか言うべきものではないかもしれませんね。とにかく、僕たちの場合、たった一言の指のお世辞から、ぐんぐん悲劇に突入しました。じっさい、自惚れがなければ、恋愛も何も成立できやしませんが、僕はそれから毎晩のようにトヨ公に通い、また、昼にはおかみと一緒に銀座を歩いたり、そうして、ただもう自惚れを増すばかりで、はたから見たら、あさましい馬か狼がよだれを流して荒れ狂ってるみたいな、にがにがしい限りのものだったのでしょう。とうとう僕は、ある夜、トヨ公で酔っぱらい作家の笠井健一郎氏に面罵《めんば》せられました。

笠井氏は、僕の郷里の先輩で、僕の死んだ兄とは大学で同級生だったらしく、その関係もあり、笠井氏と僕とは、単に作家と編輯者の附合い以上に親しくしていて、僕の雑誌でも笠井氏の原稿をもらうのは、もっぱら僕の係りで、また笠井氏も、僕の原稿依頼なら、割に機嫌よく聞いてくれたものでした。

その笠井氏が、まったく思いがけなく、新橋のおでん屋のトヨ公にはいってきたので、ぎょっとしました。笠井氏はお宅が新宿ちかくでしたので、その方面で毎晩のように飲み歩き、新橋のほうにまで出てくることはめったになかったのです。その夜は何かの会の帰りらしく、和服に袴をはいていました。かなりもう酔っているようで、ふらふら僕の傍にやってきて腰をおろし、

「聞いた。馬鹿野郎だ、お前は。」

本気に怒っている顔でした。

「あれか？　あの女が、そうか？」

おでんを煮込んでいるおかみのほうを顎でしゃくり、

「ちっとも、よかあねえじゃないか。これでお前の男も、すたった。どだい、君、亭主のある女と、……」

「それは、」

とトヨ公は、みじんも表情をかえず、

「もう、とうに私どもは、夫婦わかれをしているのです。私どもは、気が合いません。」

と、落ちついて言い、笠井氏のコップになみなみと焼酎をつぎます。

「いや、それあ、君たち夫婦のことは、君たち夫婦でなければわからない。僕の知ったことじゃない。どだい、興味がない。また、伊藤（僕の名）たちの恋愛が、どんな具合いに進展しているのか、それも、ちっとも知りたくない。うん、この焼酎はなかなかいい。君、君、もう一ぱいくれ。それから、水をくれ。おうい、おかみさん、ここへも何か食べるものをくれ。しかし、少くとも僕は、他人の夫婦の離合集散や恋愛のてんまつなどに、失敬千万な興味などを持つような、そんな下品な男でだけはないつもりだ。じつに、なんにも、興味がない。」

笠井氏はすでに泥酔に近く、あたりかまわず大声を張りあげて喚き散らすので、他の酔客たちも興が覚めた顔つきで、頬杖なんかつきながら、ぼんやり笠井氏の蛮声に耳を傾けていました。

「ただ、この、伊藤に向って一こと言っておきたいことがあるんだ。おい、伊藤君。僕は、君と絶交する。そのために、今晩ここへ立ち寄らせてもらったんだ。君はこの恋愛の進展につれて、君自身、僕のところへ来にくくなるだろう。謂わば、互いにてれ臭く気まずくなり、僕は君に敬遠せられ、僕の意志は僕の意志ではないんだ。君はこの恋愛の進展につれて、君自身、僕のところへ来にくくなるだろう。言いたいのは、それだけだ。では、失敬

する。馬鹿野郎!」

ふらふらと立ち上った時に、

「あの、失礼ですが、」

と名刺片手に笠井氏に近づいた人は、れいの抜け目ない紳士、柳田でした。

「はじめて、おめにかかります。僕はこんなものですが、うちの伊藤君が、これまでいろいろお世話になりまして、いちど僕もご挨拶にあがろうと思いながら、……つい、……。」

笠井氏は柳田から名刺を受け取り、近眼の様子で眼から五寸くらいの距離に近づけて読み、

「すると、君は編輯部長か。つまり、伊藤の兄貴分なのだね。僕は、君を、うらむ。なぜ、こうなる前に、君は伊藤に忠告しなかったんだ。へっぽこ部長だ、お前は。かえって、伊藤をそそのかしたんじゃないか。どだい、その、赤いネクタイが気に食わん。」

しかし、柳田は平然と微笑し、

「ネクタイは、すぐに取りかえます。僕も、これはあまり結構ではないと思っていたんです。」

「そう、結構でない。そう知りながら、どうして伊藤に忠告しなかったんだ。忠告を。」

「いいえ、ネクタイのことです。」

「ネクタイなんか、どうだっていい。お前の服装なんか、どうだってかまやしない。問題は、僕が伊藤と絶交するということだけなんだ。それだけだ。あともう、言うことはない。失敬する。みんな馬鹿野郎ばっかりだ。」

言い捨てて勘定も払わず蹌踉《そうろう》と屋台から出て行きます。さすが、抜け目ない柳田も、頭をかいて苦笑し、

「酒乱にはかなわねえ。腕力も強そうだしさ。始末が悪いよ。とにかく、伊藤。先生の

あとを追って行って、あやまってきてくれ。僕もこんどの君の恋愛には、ハラハラしていたんだが、しかし、できたものは仕様がねえしなあ。あいつこそ、わからずやの馬鹿野郎だが、あれでまた、これから、うちの雑誌には書かねえなんて反《そ》り身になって言い出しやがったら、かなわねえ。行ってくれ。行って、そうしてまあ、いい加減ごまかしを言ってあやまるんだな。御教訓によって、目がさめました、なんて言ってね。」

僕は、すぐに笠井氏を追って屋台から出て、その時、振りかえってちらとトヨ公のおかみを見たら、おかみは、顔を伏せていました。

「先生、お送りします。」

新橋駅で追いつき、そう言いますと、

「来たか。」

と予期していたような口調で言い、

「もう一軒、飲もう。」

雪がちらちら降りはじめていました。

「自動車を拾え。自動車を。」

「どこへ?」

「新宿だ。」

自動車の中で、笠井氏は、

「一ぱい飲んでフウラフラ。二はい飲んでグウラグラ。フウラフラのグウラグラ。」

とお念仏みたいな節《ふし》で低く繰りかえし繰りかえし唄い、そうして、ほとんど眠りかけている様子に見えました。

僕は、いまいましいやら、不安なやら、悲しいやら、外套のポケットから吸いかけの煙草をさぐり出し、寒さにかじかんだれいの問題の細長い指先でつまんで、ライタアの火をつけ、窓外の闇の中に舞い飛ぶ雪片を見ていました。

「伊藤は、こんどいくつになったんだい？」

まるっきり眠りこけているわけでもなかったのでした。二重廻しの襟に顔を埋めたま、そう言いました。

僕は、自分の年齢を告げました。

「若いなあ。おどろいた。それじゃ、まあ、無理もないが、しかし、女のことは気をつけろ。僕は何も、あの女が特に悪いというのじゃない。あのひとのことは、僕は何も知らん。また、知ろうとも思わない。いや、よしんば知っていたって、とやかく言う資格は僕にはない。僕は局外者だ。どだい、何も興味がないんだ。だけど僕には、なぜだか、お前ひとりを惜しむ気持があるんだ。惜しい。すき好んで、自分から地獄行きを志願する必要はないと思うんだ。君のいまの気持くらい、僕だって知ってるさ。そりゃお前の百倍もそれ以上ものたくさんの女に惚れられたものだ。本当さ。しかし、いつでも地獄の思いだったなあ。わからねえんだ。女の気持が、わからなくなってくるんだ。僕はね、人類、猿類、などという動物学上の区別の仕方は、あれは間違いだと思っている。男類、女類、猿類、とこうこなくちゃいけない。全然、種属がちがうのだ。からだがちがっているのと同様に、その思考の方法も、会話の意味も、匂い、音、風景などに対する反応の仕方も、まるっきり違っているのだ。女のからだにならない限り、絶対に男類には理解できない不思議な世界に女というものは平然と住んでいるのだ。君は、ためしてみたことがあるかね。駅のプラットフォームに立って、やや遠い風景を眺め、それから、ちょっと二、三寸、腰を低くして、もういちど眺めると、その前方の同じ風景が、まるで全然かわって見える。二、三寸、背丈が高いか低いかによっても、それだけ、人生観、世界観が違ってくるのだ。いわんや、君、男体と女体とでは、そのひどい差はお話にならん。別の世界に住んでいるのだ。僕たちには青く見えるものが、女には赤く見えているのかもしれない。そうして、赤い色のことを青い色と称するのだと思い込んで澄まして、そのように言っているので、僕たち男類は、女類と理解し合ったと安易にやにさがったりなどしているのだが、とんでもないひとり合点かもしれないぜ。僕たちが焼酎を一升飲んでグウラグラになった、ちょうどあれくらいの気持で、この女類という生き物が、まじめな顔つきをして買い物やら何やらして、また男類を批評などしているのではないのかね。焼酎一升、たしかにそれくらいだ。しらふで前後不覚で、そうしてお隣りの奥さんと井戸端で世間話なんかしているのだからね。実に不思議だ。たしかに、女類同士の会話には、僕たち男類に到底《とうてい》わからない、まるっきり違った別の意味がふくまっているのだ。僕たち男類が聞いて、およそ世につまらないものは、女類同士の会話だからね。前後不覚どころか、まるで発狂気味のように思われる。実に、不可解！」

この笠井健一郎氏という作家は、若い頃、その愛人にかなり見っともない形でそむかれ、その打撃が、それこそ眉間《みけん》の深い傷になったくらいに強いものだったらしく、それ以来妻帯もせず、酒ばかり飲んで、女をてんで信用せず、もっぱら女を嘲笑するような小説ばかり書いて、それでも、読書界の一部では、笠井氏のそんな十年一日のごとき毒舌をひどく痛快がっていますので、笠井氏も調子に乗り、いまでは笠井氏の女に対する悪口は、謂わば彼のお家芸みたいになっているのでした。

「え？　わかったかい？　女類と男類が理解し合うということは、それは、ご無理というものなんだぜ。そんな甘ったれた考えを持っていたんじゃあ、僕はここで予言してもいい。君は、あの女に、裏切られる。必ず、裏切られる。いや、あの女ひとりについて言っているんじゃない。あのひとの個人的な事情なんか僕は、何も知らない。僕はただ、動物学のほうから女類一般の概論を述べただけだ。女類は、金《かね》が好きだからなあ。死人の額に三角の紙がはられて、それに「シ」の字が書かれてあるように、女類の額には例外なく、金の「カ」の字を書いた三角の紙が、ぴったりはられているんだよ。」

「死ぬというんです。わかれたら、生きておれないと言うんです。何だか、薬を持っているんです。それを飲んで、死ぬ、というんです。生れてはじめての恋だと言うんです。」

「お前は、気がへんになってるんじゃないか、馬鹿野郎。さっきから何を聞いていたのだ。馬鹿野郎。僕は、サジを投げた。ここは、どこだ、四谷か。四谷から帰れ、馬鹿野郎。よくまあ僕の前で、そんな阿呆くさいことがのめのめと言えたものだ。いまに、死ぬのは、お前のほうだろう。女は、へん、何のかのと言ったって、結局は、金さ。運転手さん、四谷で馬鹿がひとり降りるぜ。」

女の心を、いたずらに試みるものではありませんね。僕は、あの笠井氏から、あまりにも口汚く罵倒《ばとう》せられ、さすがに口惜しく、その鬱憤《うっぷん》が恋人のほうに向き、その翌日、おかみが僕の社におどおど訪ねてきたのを冷たくあしらい、前夜の屈辱を洗いざらい、少しく誇張さえまぜて言って聞かせて、僕も男として、あれだけ面罵せられたのだから、もうこの上は意地になっても、僕はお前とわかれて、そうしてあの酒乱の笠井氏を見かえしてやらなければならぬ、と実は、わかれる気なんかみじんもなかったのに、一つにはまた、この際、彼女の恋の心の深さをこころみたい気持もあって、まことしやかに言い渡したのでした。

女は、その夜、自殺しました。薬を飲んで掘割りに飛び込んだのです。あと始末はトヨ公が、いやな顔一つせず、ねんごろにしてくれました。それ以来、僕とトヨ公は、悲しい友人になりました。

おかみの自殺から、ひと月くらい経って、早春のある宵に、笠井氏は、あの夜以来はじめて、トヨ公の屋台に、れいのごとく泥酔してあらわれました。

「僕は、先月、ここの店の勘定を払ったか、どうか、……」

あまり元気のない口調でした。

「お勘定は要りません。出て行っていただきます。」

と、トヨ公は、れいのごとく何の表情もなく言います。

「なんだ、怒っていやがる。男類、女類、猿類が気にさわったかな？　だって、本当ならば仕様がない。」

ピシャリと快い音がしました。トヨ公が笠井氏の頬を、やったのでした。つづいて僕

が、蹴倒しました。笠井氏は、四つ這いになり、

「馬鹿、乱暴はよせ。男類、女類、猿類、まさにしかりだ。間違ってはいない。」

もう半分眠っているくらいに酔っぱらっているのでした。手向いしないと見てとり、れいの抜け目のない紳士、柳田が、コッンと笠井氏の頭を打ち、

「眼をさませ。こら、動物博士。四つ這いのままで退却しろ。」

と言って、またコッンと笠井氏の頭を殴りましたが、笠井氏は、なんにも抵抗せず、ふらふら起き上って、

「男類、女類、猿類、いや女類、男類、猿類の順か、いや、猿類、男類、女類かな? いや、いや、猿類、女類、男類の順か。ああ、痛え、乱暴はいかん。猿類、女類、男類、か。香奠《こうでん》千円ここへ置いていくぜ。」

編者解題

井上明久

若年の頃に太宰治と遭遇《であ》い、その魅力に深く囚われてしまった者が、そのまま何の変化もなく後年に到るまで太宰と睦《むつ》みつづけるということは、案外、少ないのではないだろうか。ある時期、一度は太宰から離れてみたくなる。鼻に付いて嫌気がさす。何だ、あんなものと思ってみたくなる。それから、しばらく経って（そこに流れる時間は人によってさまざまだろうが）、再び太宰に還って来る。やっぱり太宰はいい、と。

何故、一度は離れてみたくなるのか。それは単《ひとえ》に、「文体の呪縛」である。太宰に惚れれば惚れるほど、書くこと、言うこと、すべてが「太宰」になってしまう。太宰の文体に雁字搦めになって、そこから脱け出すことが難しくなってしまう。

無論それは、ひとつの大いなる楽園でもある。そこに憩いつづけることは深い歓びであり、激しい昂揚である。けれどもそれは、ひとつの大いなる陥穽《わな》にもなる。太宰が好きだ、と思っている内はいい。気がつくと、知らぬ間に自分が「太宰」になっている。それで偉くなったつもりになってしまう。愚かなことである。怖いことである。だから、心ある者はどうしたって一度は、太宰から離れなければならない。

しかし、心ある者はどうしたってもう一度、太宰に還って来ることになる。それもまた、太宰の文体のせいである。世に数多《あまた》の作家はいるが、結局、太宰ほど文体そのもので読ませる文章家は滅多にいないからである。

太宰の文体を最も大きく特徴づけているのは、恐らく、次の二つの要素にあるだろう。説話体とアフォリズム、がそれである。

太宰を読む時、これはきっと自分だけに向けて書かれたものではないかと思ってしまう。作者がいて、自分がいる。それ以外の邪魔者は存在しない。こうした読書体験はなかなかに珍しい。でも太宰の場合、いともあっさりとそうした関係になることができる。太宰の読者への語りかけはそれほどに親密で、それほどに巧緻なのである。そして実際、太宰は目には見えないたった一人の読者に向かってだけ書いていたのに違いない。それほどに太宰は孤独であり、それほどに太宰は渇望していたのだ。

また太宰を読む時、その作品の全体の構成だの、主題だのといったことよりも、まず最初に文章そのものが一つの塊りとなって、つまりは文体という形となって、深く印象に刻まれる。余計な修飾を排した、極力無駄のない、それでいて干涸びていない、どころか充分に潤っていて、そしてズバリとものの本質を衝いてくる太宰の言葉。これが何とも心地良い。だから、ちょっと癖になる。けれど、浮かれてばかりいてはいけない。太宰の警句には、当然ながらたっぷりと毒が含まれているのだから。

そうした説話体とアフォリズムが組み合わされた、最も太宰的とも言えるシンボリックな一語がこれである――「生れて、すみません」。

この「生れて、すみません」という言葉の、余りの悲痛さ、余りの苛烈さ、そして余りの真摯さに、太宰の全存在が懸かっている。太宰にとっては、生れてきたことそれ自体に罪があった。後年のキリスト教への接近の根底には、この生れながらの罪、すなわち原罪への強い共感がある。しかし、太宰が抱いた原罪ほど非キリスト教的なものはあるまい。人は生れながらにして罪を負っている、だからこそ正しく清らかに罪少なくして生きなさいとキリスト教は説く。太宰にとって、生れてきたことに罪がある、だったら死んでゆくしかないではないかと太宰は信じる。生れてきて、生れてきて、どうして生きていったらいいのか、いや、どうして生きていなければならないのか、それが唯一で最大の〝謎〟だったに違いない。人間の存在そのものの意味、それが太宰の前に立ち塞がる巨大で堅牢な〝謎〟だったのだ。

確かに太宰は、芥川が作中に仕掛けた謎をめぐって物語を展開させたほどに、ミステリ的なものに意識的ではなかった。あるいは、三島が犯罪と殺人を主題に死の美学を築きあげたほどに、ミステリ的なものに作為的でもなかった。けれども、無意識であるが故に、あるいは自然であるが故に、実はより一層に内部化されたミステリ的要素を太宰は持っていたのではないか。人間の存在そのものに解き難い〝謎〟を抱かざるを得なかった太宰は、誰にも増して本質的にミステリアスな作家であると言えるだろう。だから、ある意味で太宰の作品はすべて、「生れて、すみません」の一語が投げかける深い謎をめぐるミステリ小説なのかもしれない。あなたが今、太宰に囚われつつある者か、未だ遭遇《であ》ったことのない者かは知らない。あるいはあなたが今、太宰から離れている者か、再び還って来た者かも知らない。けれど、如何なる者にとっても、太宰は常にあなたの前にある。特別に大きな、特別に美しい鈎《はり》を持って、そこにある。

「魚服記」――『海豹』昭和8年3月

この作品が発表される前月、すなわち昭和8年2月に「列車」という作品を『サンデー東奥』に発表するが、この時、初めて太宰治の筆名が用いられた。そして、この「魚服記」と、次の「思い出」（同じ『海豹』の4、6、7月に分載する）の二作によって周囲の注目を浴びる。謂わば、文壇的処女作である。本州の北端にある馬禿山を舞台にした民話風の小品。炭焼小屋の娘スワの哀しい変身譚である。

「地球図」――『新潮』昭和10年12月

太宰流の切支丹物。ロオマンの人、ヨワン・シロオテは三年の歳月をかけて日本へ渡ってくるが、すぐに捕まり、江戸へ送られて新井白石の取り調べを受けることになる。地図を前にして、異人によって指し示された日本の小ささ。その外側にある世界の大きさと多様さ。異人が迎えねばならなかった愚かしく哀れな最期に、日本という国に対する太宰の痛嘆がある。

「雌に就いて」――『若草』昭和11年5月

二・二六事件の起きた夜、そんなことを知らずに、「私」と客人が長火鉢をはさんでとりとめのない話をしているという趣向。女の寝巻へのこだわりから始まり、会話は段々と剣呑な方へと展開してゆく。全篇ほとんど対話だけから成る饒舌調の最後に、短かい地の文が出てくる。その中に、「女は寝返りを打ったばかりに殺された」の一文がある。如何にも太宰的で、ドキッとさせられる。因《ちな》みにこの作品の下地になっているのは、昭和5年11月、銀座のカフェー・ホリウッドの女給、田辺あつみ（本名・田部シメ子、十九歳）と鎌倉で心中を図り、女を死に至らしめた事件である。

「燈籠」――『若草』昭和12年10月

二十四歳になる下駄屋の一人娘さき子は、眼科病院の待合室で、商業学校の生徒である五つ歳下の水野さんと知り合い、恋をする。みなし児の水野さんのために、ある夜、さき子は小さな盗みを働いてしまうことになる。作品冒頭の「言えば言うほど、人は私を信じてくれません。逢うひと、逢うひと、みんな私を警戒いたします」は、紛れもなく、この頃の太宰のぎりぎりの真情だったに違いない。

「姥捨」――『新潮』昭和13年10月

「あやまった人を愛撫した妻と、妻をそのような行為にまで追いやるほど、それほど日常の生活を荒廃させてしまった夫と、お互い身の結末を死ぬことによってつけようと思った」嘉七とかず枝の二人が、水上の谷川温泉の山の中に心中行を企てる。死を主題にしているが、全篇の調子はどこかあたたかい。この作品は、前年の3月、太宰と妻・初代が水上でカルモチン心中を図り、未遂に終った出来事が下地になっている。

「葉桜と魔笛」――『若草』昭和14年4月

ある老婦人の思い出話。腎臓結核で余命いくばくもない十八の妹と、それに深く同情する心優しい二十の「私」。M・Tなる男性からの三十通ほどの手紙の束を妹が持っていると知った時、姉の「私」が取った行動とは……。そして、すべてが明らかになった瞬間、絶対に聞こえてくるはずのない軍艦マーチの口笛が低く幽かに流れてくる。それは神の御業《みわざ》なのか？　それとも……

「愛と美について」――書下し短篇集『愛と美について』昭和14年5月竹村書房刊に収録

明確に性格の異なった兄妹五人は、退屈な時、物語の連作をするのがその家のならわしだった。大数学者の老人を主人公に、五人はそれぞれ性格丸出しの物語を順番に語り継いでゆく。五人が語り終えた時、離れて聞いていた母親がひとこと言った台詞《せりふ》とは……。一篇の中に五つの異なった語りが並べられた構成には、太宰の遊びごころが感じられる。

「誰も知らぬ」――『若草』昭和15年4月

「私」が二十三歳の時、ある夜遅く、女学校以来の友達である芹川さんのお兄さんが突然訪ねてくる。芹川さんがかねて恋愛中の男性と駆け落ちをしたという。二人を探しに夜の町へ出て行ったお兄さんを見送った後、「私」は突然の故知れぬ激情に駆られてお兄さんを追いかける……。天使のような、悪魔のような、どうとも計り難い娘ごころこそが最大のミステリであると言いたげな作品。

「清貧譚」——『新潮』昭和16年1月

『聊斎志異』中の一篇を基にした自由な創作。時は江戸、向島に住む菊作りに夢中の男が、伊豆の旅からの帰り、不思議な姉弟と知り合いになり、家に連れて帰る。やがて、その弟は菊作りの名人であることがわかるのだが……。人が、動物や植物やものの精などと一緒に生きていた頃の話である。

「令嬢アユ」——『新女苑』昭和16年6月

二十二歳の佐野君は伊豆の温泉場に出かけ、美しい令嬢に出逢う。普通ならすぐにでも気がつきそうなのに、令嬢の正体に思い到らない佐野君は、あの令嬢はいいひとだ、結婚したいと思う。実際、佐野君の目を通して描き出される〝令嬢〟は美しくて、いいひとだ。中期の太宰らしい、明るくて、のどかで、ほのぼのとした肯定感にあふれた作品。核心に置かれた〝謎〟がユーモアでまぶされている。

「恥」——『婦人畫報』昭和17年1月

ある作家の作品を愛するあまり、大恥をかいたと告白する女のひとり語り。小説に描かれた一部始終を現実そのものと思いこみ、似た境遇の者が登場すれば自分をモデルにしたと信じこむファン気質の恐さが、太宰特有の女性一人称の文体によく出ている。「小説家なんて、つまらない。人の屑だわ。嘘ばっかり書いている。ちっともロマンチックではないんだもの」という女の勝手な言いがかりが、正しく的を射ている。

「日の出前」——『文藝』昭和17年10月（発表時のタイトルは「花火」）

高名な洋画家、鶴見仙之助と息子の勝治はことあるごとに衝突する険悪な仲。それに心を砕く妹の節子は、陰で兄のために誠意の限りを尽す。そして、真夏の井の頭公園で事件が起こってしまう。簡単に片がつくように思えたのだが……。最後に置かれた少女の不思議な言葉が、全体を新たな視点で塗り変えてしまう。

「女神」——『日本小説』昭和22年5月

自分の女房を、自分の母親であり人類の女神であると信じこんでいる狂人の話を通して、一種の戦後論を展開する作品。戦争に負けてしまった男たちと、戦争を生き抜いてきた女たちとの対比が鮮やか。女たちにとっては、男なんてものは「狂ったって、狂わなくたって、同じようなもの」なのだから……。

「犯人」——『中央公論』昭和23年1月

同じ会社に勤める若い男と若い女は、一緒に暮らす部屋を探している。男は姉の嫁ぎ先を訪ね、部屋を貸してほしいと頼むが、冷たく断わられる。男は庖丁で姉をズブリとやってしまう。

男は無軌道で投げやりな逃避行の果てに自殺する。けれども、そこには皮肉な結末が待っていた……。

「女類」――『八雲』昭和23年4月

「僕（二十六歳）は、女をひとり、殺したことがあるんです。実にあっけなく、殺してしまいました」という告白で始まる、男性一人称小説。太宰を思わせる作家・笠井氏が酔いの中で吐きちらす女に対する悪口、嘲笑と、愛のためには潔くすべてを決意するおでん屋のおかみの一途さが見事な対照を形づくっている。女性への夢と現実が、苦く切なく太宰の中で交錯している。

この作品は一九九八年に弊社より刊行された『文豪ミステリ傑作選　太宰　治集』（河出文庫）を改題の上、復刊したものです。

本文中、今日からみれば不適切と思われる表現がありますが、書かれた時代背景と作品価値とを鑑み、そのままとしました。

生《い》きてしまった
太宰治《だざいおさむ》×ミステリ

一九九八年一〇月二日　初版発行
二〇二二年 五 月一〇日　新装改題版初版印刷
二〇二二年 五 月二〇日　新装改題版初版発行

著　者　太宰治《だざいおさむ》
発行者　小野寺優
発行所　株式会社河出書房新社
〒一五一-〇〇五一
東京都渋谷区千駄ヶ谷二-三二-二
電話〇三-三四〇四-八六一一（編集）
〇三-三四〇四-一二〇一（営業）
https://www.kawade.co.jp/

ロゴ・表紙デザイン　粟津潔
本文フォーマット　佐々木暁
印刷・製本　中央精版印刷株式会社

Printed in Japan　ISBN978-4-309-41890-2

太宰治の手紙

太宰治　小山清〔編〕　41616-8

太宰治が、戦前に師、友人、縁者などに送った百通の手紙。井伏鱒二、亀井勝一郎、木山捷平らへの書簡を収録。赤裸々な、本音と優しさとダメさかげんが如実に伝わる、心温まる一級資料。

愛と苦悩の手紙

太宰治　亀井勝一郎〔編〕　41691-5

太宰治の戦中、戦後、自死に至るまでの手紙を収録。先輩、友人、後輩に。含羞と直情と親愛。既刊の小山清編の戦中篇と併せて味読ください。

太宰よ！　45人の追悼文集

河出書房新社編集部〔編〕　41614-4

井伏鱒二の弔辞をはじめ、坂口安吾、檀一雄、石川淳、田中英光ら同時代の作家や評論家、編集者、友人、家族など四十五人の追悼文を厳選収録。太宰の死を悼み、人となりに想いを馳せる一冊。

英霊の聲

三島由紀夫　40771-5

繁栄の底に隠された日本人の精神の腐敗を二・二六事件の青年将校と特攻隊の兵士の霊を通して浮き彫りにした表題作と、青年将校夫妻の自決を題材とした「憂国」、傑作戯曲「十日の菊」を収めたオリジナル版。

日本怪談集　取り憑く霊

種村季弘〔編〕　41675-5

江戸川乱歩、芥川龍之介、三島由紀夫、藤沢周平、小松左京など、錚々たる作家たちの傑作短篇を収録。科学では説明のつかない、掛け値なしに怖い究極の怪談アンソロジーが、新装版として復刊！

見た人の怪談集

岡本綺堂 他　41450-8

もっとも怖い話を収集。綺堂「停車場の少女」、八雲「日本海に沿うて」、橘外男「蒲団」、池田彌三郎「異説田中河内介」など全十五話。

須賀敦子が選んだ日本の名作

須賀敦子〔編〕　41786-8

須賀の編訳・解説で60年代イタリアで刊行された『日本現代文学選』から、とりわけ愛した樋口一葉や森鷗外、庄野潤三等の作品13篇を収録。解説は日本人にとっても日本文学への見事な誘いとなっている。

先生と僕　夏目漱石を囲む人々　青春篇

香日ゆら　41649-6

夏目漱石の生涯と、正岡子規・中村是公・高浜虚子・寺田寅彦ら友人・門下・家族との交流を描く傑作四コママンガ！「青春篇」には漱石の学生時代から教師時代、ロンドン留学、作家デビューまでを収録。

先生と僕　夏目漱石を囲む人々　作家篇

香日ゆら　41657-1

漱石を慕う人々で今日も夏目家はにぎやか。木曜会誕生から修善寺の大患、内田百閒・中勘助・芥川龍之介ら若き才能の登場、そして最期の日へ——。友人門下との交遊を通して描く珠玉の四コマ漱石伝完結篇。

夏目漱石、読んじゃえば？

奥泉光　41606-9

『吾輩は猫である』は全部読まなくていい！『坊っちゃん』はコミュ障主人公⁉『それから』に仕掛けられた謎を解こう！　漱石を愛してやまない作家・奥泉光が、名作を面白く読む方法、伝授します。

漱石入門

石原千秋　41477-5

６つの重要テーマ（次男坊、長男、主婦、自我、神経衰弱、セクシュアリティー）から、漱石文学の豊潤な読みへと読者をいざなう。漱石をこれから読む人にも、かなり読み込んでいる人にも。

『吾輩は猫である』殺人事件

奥泉光　41447-8

あの「猫」は生きていた⁈　吾輩、ホームズ、ワトソン……苦沙弥先生殺害の謎を解くために猫たちの冒険が始まる。おなじみの迷亭、寒月、東風、さらには宿敵バスカビル家の狗も登場。超弩級ミステリー。

カチカチ山殺人事件

伴野朗／都筑道夫／戸川昌子／高木彬光／井沢元彦／佐野洋／斎藤栄 41790-5

カチカチ山、猿かに合戦、舌きり雀、かぐや姫……日本人なら誰もが知っている昔ばなしから生まれた傑作ミステリーアンソロジー。日本の昔ばなしの持つ「怖さ」をあぶり出す7篇を収録。

ハーメルンの笛吹きと完全犯罪

仁木悦子／角田喜久雄／石川喬司／鮎川哲也／赤川次郎／小泉喜美子／結城昌治 他 41789-9

白雪姫、ハーメルンの笛吹き、みにくいアヒルの子……誰もが知っている世界の童話や伝説から生まれた傑作ミステリーアンソロジー。昔ばなしが呼び覚ます残酷な罠！　8篇を収録。

絶対惨酷博覧会

都筑道夫　日下三蔵〔編〕 41819-3

律儀な殺し屋、凄腕の諜報員、歩く死体、不法監禁からの脱出劇、ゆすりの肩がわり屋……小粋で洒落た犯罪小説の数々。入手困難な文庫初収録作品を中心におくる、都筑道夫短篇傑作選。

オイディプスの刃

赤江瀑 41709-7

夏の陽ざかり、妖刀「青江次吉」により大迫家の当主と妻、若い研師が命を落とした。残された三人兄弟は「次吉」と母が愛したラベンダーの香りに運命を狂わされてゆく。幻影妖美の傑作刀剣ミステリ。

秘文鞍馬経

山本周五郎 41636-6

信玄の秘宝を求めて、武田の遺臣、家康配下、さらにもう一組が三つ巴の抗争を展開する道中物長篇。作者の出身地・甲州物の傑作。作者の理想像が活躍する初文庫化。

安政三天狗

山本周五郎 41643-4

時は幕末。ある長州藩士は師・吉田松陰の密命を帯びて陸奥に旅発った。当地での尊皇攘夷運動を組織する中で、また別の重要な目的が！　時代伝奇長篇、初の文庫化。

八犬伝 上

山田風太郎　41794-3

宿縁に導かれた八人の犬士が悪や妖異と戦いを繰り広げる雄渾豪壮な『南総里見八犬伝』の「虚の世界」。作者・馬琴の「実の世界」。鬼才・山田風太郎が二つの世界を交錯させながら描く、驚嘆の伝奇ロマン！

八犬伝 下

山田風太郎　41795-0

仇と同志を求め、離合集散する犬士たち。息子を失いながらも、一大決戦へと書き進める馬琴を失明が襲う——古今無比の風太郎流『南総里見八犬伝』、感動のクライマックスへ！

黒衣の聖母

山田風太郎　日下三蔵〔編〕　41857-5

「戦禍の凄惨、人間の悲喜劇　山風ミステリはこんなに凄い！」——阿津川辰海氏、脱帽　戦艦で、孤島で、焼け跡で、聖と俗が交錯する。2022年生誕100年、鬼才の原点！

人外魔境

小栗虫太郎　41586-4

暗黒大陸の「悪魔の尿溜」とは？　国際スパイ折竹孫七が活躍する、戦時下の秘境冒険ＳＦファンタジー。『黒死館殺人事件』の小栗虫太郎、もう一方の代表作。

紅殻駱駝の秘密

小栗虫太郎　41634-2

著者の記念すべき第一長篇ミステリ。首都圏を舞台に事件は展開する。紅駱駝氏とは一体何者なのか。あの傑作『黒死館殺人事件』の原型とも言える秀作の初文庫化、驚愕のラスト！

法水麟太郎全短篇

小栗虫太郎　日下三蔵〔編〕　41672-4

日本探偵小説界の鬼才・小栗虫太郎が生んだ、あの『黒死館殺人事件』で活躍する名探偵・法水麟太郎。老住職の奇怪な死の謎を鮮やかに解決する初登場作「後光殺人事件」より全短篇を収録。

二十世紀鉄仮面

小栗虫太郎　41547-5

九州某所に幽閉された「鉄仮面」とは何者か、私立探偵法水麟太郎は、死の商人・瀬高十八郎から、彼を救い出せるのか。帝都に大流行したペストの陰の大陰謀が絡む、ペダンチック冒険ミステリ。

黒死館殺人事件

小栗虫太郎　40905-4

黒死館を襲った血腥い連続殺人事件の謎に、刑事弁護士法水麟太郎がエンサイクロペディックな学識を駆使して挑む。本邦三大ミステリの一つ、悪魔学と神秘科学の一大ペダントリー。

復員殺人事件

坂口安吾　41702-8

昭和二十二年、倉田家に異様な復員兵が帰還した。その翌晩、殺人事件が。五年前の轢死事件との関連は？　その後の殺人事件は？　名匠・高木彬光が書き継いだ、『不連続殺人事件』に匹敵する推理長篇。

心霊殺人事件

坂口安吾　41670-0

傑作推理長篇「不連続殺人事件」の作家の、珠玉の推理短篇全十作。「投手殺人事件」「南京虫殺人事件」「能面の秘密」など、多彩。「アンゴウ」は泣けます。

三面鏡の恐怖

木々高太郎　41598-7

別れた恋人にそっくりな妹が現れた。彼女の目的は何か。戦後直後の時代背景に展開する殺人事件。木々高太郎の隠れた代表的推理長篇、初の文庫化。

日影丈吉傑作館

日影丈吉　41411-9

幻想、ミステリ、都市小説、台湾植民地もの…と、類い稀なユニークな作風で異彩を放った独自な作家の傑作決定版。「吉備津の釜」「東天紅」「ひこばえ」「泥汽車」など全13篇。

毒薬の輪舞

泡坂妻夫　41678-6

夢遊病者、拒食症、狂信者、潔癖症、誰も見たことがない特別室の患者——怪しすぎる人物ばかりの精神病院で続発する毒物混入事件でついに犠牲者が……病人を装って潜入した海方と小湊が難解な事件に挑む！

盲獣・陰獣

江戸川乱歩　41642-7

乱歩の変態度がもっとも炸裂する貴重作「盲獣」、耽美にして本格推理長篇、代表作とも言える「陰獣」。一冊で大乱歩の究極の世界に耽溺。

第七官界彷徨

尾崎翠　40971-9

「人間の第七官にひびくような詩」を書きたいと願う少女・町子。分裂心理や蘚の恋愛を研究する一風変わった兄弟と従兄、そして町子が陥る恋の行方は？　忘れられた作家・尾崎翠再発見の契機となった傑作。

琉璃玉の耳輪

津原泰水　尾崎翠〔原案〕　41229-0

３人の娘を探して下さい。手掛かりは、琉璃玉の耳輪を嵌めています——女探偵・岡田明子のもとへ迷い込んだ、奇妙な依頼。原案・尾崎翠、小説・津原泰水。幻の探偵小説がついに刊行！

笙野頼子三冠小説集

笙野頼子　40829-3

野間文芸新人賞受賞作「なにもしてない」、三島賞受賞作「二百回忌」、芥川賞受賞作「タイムスリップ・コンビナート」を収録。その「記録」を超え、限りなく変容する作家の「栄光」の軌跡。

愛別外猫雑記

笙野頼子　40775-3

猫のために都内のマンションを引き払い、千葉に家を買ったものの、そこも猫たちの安住の地でなかった。猫たちのために新しい闘いが始まる。涙と笑いで読む者の胸を熱くする愛猫奮闘記。全ての愛猫家必読！

枯木灘

中上健次　41339-6

熊野を舞台に繰り広げられる業深き血のサーガ…日本文学に新たな碑を打ち立てた著者初長編にして圧倒的代表作。後日談「覇王の七日」を新規収録。毎日出版文化賞他受賞。解説／柄谷行人・市川真人。

十九歳の地図

中上健次　41340-2

「俺は何者でもない、何者かになろうとしているのだ」——東京で生活する少年の拠り所なき鬱屈を瑞々しい筆致で捉えたデビュー作。全ての十九歳に捧ぐ青春小説の金字塔。解説／古川日出男・高澤秀次。

千年の愉楽

中上健次　40350-2

熊野の山々のせまる紀州南端の地を舞台に、高貴で不吉な血の宿命を分かつ若者たち——色事師、荒くれ、夜盗、ヤクザら——の生と死を、神話的世界を通し過去・現在・未来に自在に映しだす新しい物語文学。

奇蹟

中上健次　41337-2

金色の小鳥が群れ夏芙蓉の花咲き乱れる路地。高貴にして淫蕩の血に澱んだ仏の因果を背負う一統で、「闘いの性」に生まれついた極道タイチの短い生涯。人間の生と死、その罪と罰が語られた崇高な世界文学。

日輪の翼

中上健次　41175-0

路地を出ざるをえなくなった青年と老婆たちは、トレーラー車で流離の旅に出ることになる。熊野、伊勢、一宮、恐山、そして皇居へ、追われゆく聖地巡礼のロードノベル。

狐狸庵人生論

遠藤周作　40940-5

人生にはひとつとして無駄なものはない。挫折こそが生きる意味を教えてくれるのだ。マイナスをプラスに変えられた時、人は「かなり、うまく、生きた」と思えるはずである。勇気と感動を与える名エッセイ！